Jade

L'édition originale de cet ouvrage a paru en langue anglaise
chez HarperCollins *Publishers* sous le titre :

JINX

Hachette Livre, 43 quai de Grenelle, 75015 Paris.

MEG CABOT

Jade

Un peu de magie et beaucoup d'amour

Traduit de l'anglais (États-Unis)
par Josette Chicheportiche

HACHETTE
Jeunesse

Pour Benjamin

Remerciements

Je remercie Beth Ader, Jennifer Brown, Michele Jaffe, Laura Langlie, Amanda Maciel, Abigail McAden et surtout Benjamin Egnatz.

1.

Je n'ai vraiment pas de chance. Et je n'en ai jamais eu. Mais que voulez-vous ? – C'est comme ça, et ç'a toujours été comme ça depuis que je suis née.

Du coup, je n'ai pas été très surprise lorsque le chauffeur de taxi ne m'a pas aidée à porter mes valises. De toute façon, pourquoi cela m'aurait-il étonnée ? Personne ne m'attendait à l'aéroport, et quand j'ai téléphoné, personne n'a décroché. Est-ce que ma tante et mon oncle m'avaient oubliée ? Est-ce qu'ils avaient changé d'avis et ne voulaient plus de moi ? Pire, est-ce qu'ils avaient entendu parler de ma légendaire poisse – qui m'aurait devancée depuis l'Iowa – et préféré ne pas y être confrontés ?

Mais même si c'était vrai, je n'y pouvais pas grand-chose. En tout cas, il était trop tard pour rentrer chez moi. J'étais à New York et je me trouvais devant la maison de ma tante Evelyn et de mon oncle Ted, au n° 326 de la 69e Rue est.

Bref, quand le chauffeur de taxi a appuyé sur un petit bouton qui a ouvert le coffre de sa voiture sans même se donner la peine de descendre, je me suis dit que j'avais connu pire. Ce que je ne savais pas, c'est que j'allais connaître bien pire *ce jour-là*.

J'ai sorti mes bagages – ils devaient peser au moins deux tonnes chacun, à l'exception de mon violon, bien sûr –, et j'ai refermé le coffre, tout ça au beau milieu de la 69e Rue est, avec une file de voitures derrière moi qui klaxonnaient parce qu'elles ne pouvaient pas passer à cause d'une camionnette garée en double file.

Pourquoi ça m'arrive à moi ? Franchement. J'aimerais bien qu'on m'explique.

Le taxi est reparti ensuite tellement vite que j'ai dû bondir entre deux voitures pour ne pas me faire renverser. Mais ce n'est pas tout ! Non contents de manquer de m'écraser, les propriétaires des véhicules se sont tous appliqués à me fusiller du regard les uns après les autres quand ils sont passés à ma hauteur.

Et c'est à ce moment-là que j'ai compris que j'étais vraiment à New York.

D'accord, j'avais vu les buildings qui se profilaient à l'horizon quand le taxi avait pris le Triboro Bridge, puis l'île de Manhattan dans toute sa gloire et l'Empire State Building qui pointait au milieu, comme un énorme index scintillant.

Mais le déclic s'était vraiment fait avec ces regards emplis de haine. Personne à Hancock n'adresse un tel regard à quelqu'un qui n'est visiblement pas du coin. Bon d'accord, peu de touristes visitent Hancock. Mais ce n'est pas une raison.

Et puis, il y avait aussi la rue dans laquelle je me trouvais. Elle ressemblait tellement à celles qu'on voit à la télé quand les scénaristes veulent faire comprendre que la scène se passe à New York. Comme dans *New York District*. Vous savez, avec les immeubles de grès brun de trois ou quatre étages, aux portes de couleurs vives et aux escaliers de pierre.

D'après ma mère, la plupart de ces bâtiments, qu'on appelle *brownstones*, datent du début du XIXe et étaient à l'origine conçus pour une seule famille. Aujourd'hui, ils sont divisés en appartements, ce qui fait qu'il y a une famille – parfois deux ou même plus – par étage.

Mais ce n'est pas le cas du brownstone de ma tante Evelyn, la sœur de ma mère. Tante Evelyn et oncle Ted possèdent les quatre étages. Ce qui revient en gros à un étage par personne, vu que tante Evelyn et oncle Ted ont trois enfants : Tory, Teddy et Alice.

Nous, à Hancock, on a juste deux étages, et on est sept en tout. Et on n'a qu'une seule salle de bains. Attention, je ne me plains pas, je le fais juste remarquer, c'est tout.

Bref, bien que relativement grande, la maison de ma tante et de mon oncle n'était pas non plus immense, mais elle était jolie, avec sa façade grise, ses moulures gris clair et sa porte d'entrée, peinte en jaune vif. Des jardinières, desquelles débordaient des géraniums rouges, ornaient chaque fenêtre. Ils venaient apparemment d'être plantés car on n'était qu'en avril et il ne faisait pas suffisamment chaud pour qu'ils fleurissent naturellement, mais leur présence m'a mis du baume au cœur.

Après tout, tante Evelyn et oncle Ted avaient peut-être tout simplement oublié que j'arrivais aujourd'hui et n'avaient pas délibérément omis de venir me chercher à l'aéroport parce qu'ils avaient changé d'avis et ne voulaient plus de moi chez eux.

Tout allait bien se passer, voyons.

C'est ça, oui. Avec ma chance, c'était peu probable.

J'ai quand même fini par me décider à monter l'escalier pour me rendre compte très vite que c'était impossible avec mes deux valises et mon violon. Du coup, j'en ai laissé une sur le trottoir et je suis montée avec l'autre, mon violon coincé sous le bras. Alors que je redescendais pour aller chercher la première valise, j'ai bêtement glissé dans la précipitation et je me suis étalée de tout mon long sur le trottoir après avoir vainement tenté de me rattraper à la barrière en fer forgé qui cachait les poubelles. Au même moment, une vieille dame très élégante, une espèce de rat en laisse (en fait, c'était un chien, mais affublé d'un manteau écossais), est passée devant moi en secouant la tête avec l'air de penser que j'avais fait exprès de plonger des marches pour lui faire peur.

À Hancock, encore une fois, quand on voit quelqu'un tomber d'un escalier – même s'il s'agit de moi qui, j'avoue, tombe pratiquement tous les jours –, on s'arrête et on s'empresse de demander à la personne si elle va bien.

À Manhattan, apparemment, ça se passe autrement.

Ce n'est qu'une fois la vieille dame et son rat arrivés au bout de la rue que j'ai entendu le bruit d'une porte qui s'ouvre. Je me suis redressée – j'avais les mains couvertes de poussière à cause de la barrière en fer forgé –, et j'ai vu une jeune fille blonde très jolie debout sur le seuil, qui m'observait d'un air curieux.

— Euh… bonjour, a-t-elle dit.

J'ai aussitôt oublié la vieille dame, son rat et ma chute et, un large sourire aux lèvres, je l'ai rejointe en haut des marches. Même si je n'en revenais pas de la trouver si changée, j'étais contente de la voir… et inquiète aussi à l'idée qu'elle n'éprouve pas la même joie en ce qui me concernait.

— Salut, Tory, ai-je dit.

Elle a cligné des yeux. C'est clair qu'elle ne me reconnaissait pas.

— Je ne suis pas Tory, a-t-elle répondu. Je m'appelle Petra.

Elle avait un léger accent… européen.

— Je suis la jeune fille au pair des Gardiner.

— Oh ! ai-je fait, déroutée.

Personne ne m'avait parlé d'une jeune fille au pair. Mais, heureusement, je savais ce que c'était, grâce à un épisode de *New York District*, où la jeune fille au pair est soupçonnée d'avoir tué l'enfant dont elle s'occupait.

J'ai tendu la main à Petra.

— Bonjour. Je m'appelle Jade Honeychurch. Je suis la nièce d'Evelyn Gardiner.

— Jade ? a répété Petra en me serrant énergiquement la main. Oh, tu veux dire La Poisse ?

J'ai grimacé. Pas seulement à cause de sa poigne de fer – pour quelqu'un d'aussi petite taille, elle était rudement costaude. Non, j'ai grimacé parce que, manifestement, ma réputation m'avait précédée.

— Oui, c'est ça, ai-je dit.

Qu'est-ce que je pouvais répondre d'autre ? Vu que je porte la poisse et que je suis, en gros, une vraie calamité, mes parents m'ont surnommée… La Poisse.

Bref, ici aussi, j'allais devoir supporter ce sobriquet.

Autant dire que c'était raté pour un nouveau départ dans une nouvelle ville.

À moins, évidemment, que je trouve un moyen d'inverser le cours des choses.

2.

— Mais tu étais censée arriver demain ! s'est écriée Petra.

La petite boule d'angoisse qui m'empêchait de respirer s'est atténuée.

Ouf ! Ma tante ne m'avait pas oubliée !

— Non, aujourd'hui, ai-je rectifié. J'étais censée arriver aujourd'hui.

— Pas du tout, a insisté Petra sans me lâcher la main.

Si elle continuait comme ça, elle allait finir par me broyer les doigts. Sans compter que je m'étais fait mal en me retenant à la barrière.

— Je suis sûre que ta tante et ton oncle ont dit demain, a-t-elle poursuivi. Oh, ils vont être tellement déçus ! Ils avaient l'intention d'aller te chercher à l'aéroport. Alice a même fabriqué une pancarte avec ton nom écrit dessus. Tu es venue toute seule ? En taxi ? Je suis désolée. Mais entre, entre tout de suite.

Et avec une vigueur surprenante par rapport à sa silhouette délicate – mais pas comparée à sa poigne –, elle a soulevé mes deux valises et les a portées à l'intérieur de la maison. Apparemment, leur poids ne semblait pas être un problème pour elle. Je n'ai pas tardé à comprendre pourquoi. Petra, qui était quasiment aussi bavarde que Stacy, ma meilleure amie à Hancock, était venue d'Allemagne pour suivre une formation de physiothérapeute aux États-Unis. Tous les matins, m'a-t-elle expliqué, elle allait dans une école de physiothérapie à Westchester, une banlieue à l'extérieur de New York où, quand elle n'assistait pas aux cours théoriques, elle devait soulever des gens très lourds et les porter dans des piscines où elle leur apprenait à se servir de leurs bras ou de leurs jambes après un accident ou une attaque.

Vu la force de Petra, j'imagine que porter des gens très lourds, les masser et tout, ça doit muscler.

Bref, Petra vivait chez les Gardiner et, en échange de sa chambre et de sa nourriture, s'occupait de mes jeunes cousins. Elle les déposait à l'école le matin avant de filer à Westchester et allait les chercher le soir quand elle rentrait elle-même de ses cours. Dans un an, elle aurait son diplôme et pourrait exercer le métier de physiothérapeute dans un centre de rééducation.

— Les Gardiner sont tellement gentils avec moi, m'a-t-elle confié tout en portant mes valises dans la chambre d'amis au troisième étage avec autant d'aisance que s'il s'était agi de deux CD.

Mais ce n'est pas tout. Elle parlait à toute vitesse sans prendre le temps de respirer entre deux phrases. Et l'anglais n'était pas sa langue maternelle. Qu'est-ce que ça devait être quand elle parlait allemand !

— Ils me donnent même trois cents dollars par semaine ! Tu imagines ? Vivre à New York sans avoir de loyer à payer ni de nourriture à acheter et recevoir en plus trois cents dollars par semaine ! Mes amis de Bonn, là où j'habite, me disent que j'ai trop de chance. Mr. et Mrs. Gardiner sont comme un père et une mère pour moi. Oh ! Et j'adore Teddy et Alice. Je les considère comme mes enfants. Je n'ai que vingt ans, d'accord, et Teddy en a dix ans, du coup, il ne pourrait pas vraiment être mon fils. Disons alors qu'il est comme mon petit frère. Et voilà, on est arrivées. C'est ta chambre.

Ma chambre ? J'ai jeté un coup d'œil par l'encadrement de la porte. D'après ce que j'avais vu du reste de la maison en montant l'escalier, j'en avais rapidement conclu que j'allais vivre dans le luxe pendant les quelques mois à venir…

Mais la pièce dans laquelle Petra avait déposé mes deux valises était à couper le souffle. Spacieuse, avec des murs blancs, des meubles dorés et crème, des rideaux de soie rose, elle possédait une cheminée – « Malheureusement, elle ne marche pas », m'avait prévenue tristement Petra, comme si je comptais me faire du feu tous les soirs – et une salle de bains indépendante. Le soleil, qui filtrait à travers les fenêtres, faisait des taches sur la moquette rose pâle.

Non, ce n'est pas possible. Il devait y avoir maldonne. À Hancock, je partage ma chambre avec Courtney et Sarabeth, mes petites sœurs. En fait, je n'avais jamais dormi seule dans une chambre rien qu'à moi.

Quant à avoir une salle de bains personnelle, l'idée ne m'avait même jamais traversé l'esprit.

Non, non, non. Je devais rêver.

En même temps, à la façon dont Petra allait et

venait, époussetant des moutons de poussière imaginaires, je me suis dit que c'était *peut-être* vrai. Qui sait ?

— Ouah ! me suis-je exclamée.

C'était le premier « mot » que je prononçais depuis que Petra m'avait expliqué qui elle était et ce qu'elle faisait ici.

— Oui, a fait Petra, pensant sans doute que je parlais de la chambre alors que je parlais de… eh bien, *tout*. C'est joli, n'est-ce pas ? J'habite l'appartement au rez-de-chaussée. J'ai ma propre entrée. Tu ne l'as probablement pas remarquée. Elle est sous le perron. Il y a aussi une porte qui donne sur le jardin. C'est comme un petit appartement privé, avec une cuisine. Les enfants descendent parfois me voir, le soir, et je les aide à faire leurs devoirs, ou bien, on regarde la télé, tous les trois, assis sur le canapé. C'est très agréable.

— Je ne m'attendais pas à ça, ai-je murmuré.

Maman m'avait dit que tante Evelyn et sa famille étaient assez riches – oncle Ted avait récemment été promu directeur de la compagnie pour laquelle il travaillait, tandis que tante Evelyn, qui était décoratrice d'intérieur, venait d'ajouter deux top-modèles à sa liste de clients.

Mais rien ne m'avait préparée à… ça.

Et c'était à moi. Rien qu'à moi.

Du moins, pour l'instant. Avant que je ne gâche tout. Comme d'habitude.

Et me connaissant, cela ne saurait tarder. Mais je pouvais toujours en profiter en attendant.

— Oh ! Mr. et Mrs. Gardiner vont être tellement tristes de ne pas avoir été à la maison pour t'accueillir, a répété Petra tout en tapotant la dizaine de coussins au moins qui recouvraient mon lit deux places. Et ils vont être encore plus tristes quand ils vont se rendre compte qu'ils se sont trompés de jour. Ils sont encore au travail. Teddy et Alice ne vont pas tarder à rentrer de l'école. Ils sont tellement excités à l'idée de te rencontrer. Alice t'a fait un dessin pour te souhaiter la bienvenue. Elle voulait te l'offrir à l'aéroport, mais bon… tant pis. Tu pourrais peut-être l'accrocher au-dessus de ton lit. N'oublie pas de lui dire que tu le trouves très joli, même si ce n'est pas le cas, parce qu'elle s'est donné beaucoup de mal. Mrs. Gardiner n'a rien mis aux murs, comme tu peux le constater. Elle préférait attendre que tu choisisses ce que tu veux. Elle dit qu'elle ne t'a pas vue depuis cinq ans ! s'est exclamée Petra avec de grands yeux étonnés.

Apparemment, en Allemagne, les familles étaient beaucoup plus proches et se rendaient visite bien plus souvent que les familles américaines… du moins que *ma* famille.

J'ai hoché la tête.

— Oui. La dernière fois que tante Evelyn et oncle Ted sont venus chez nous, j'avais onze ans…

Je me suis brusquement tue à la vue de l'imposante salle de bains, avec ses robinets et ses porte-serviettes en cuivre représentant des becs ou des ailes de cygne. Je dois dire que j'avais la bouche un peu sèche devant autant de luxe. C'est vrai, quoi. Qu'est-ce que j'avais fait pour mériter tout ça ?

Rien.

Enfin, si l'on omettait la raison pour laquelle j'étais venue à New York.

— Et Tory ? ai-je demandé, histoire de changer de sujet.

Il valait mieux que je ne pense pas à ce qui m'avait amenée à quitter Hancock. D'autant plus que chaque fois que j'y songeais, j'avais l'estomac noué.

— Oh ! a fait Petra.

Son « Oh » sonnait si peu comme les autres

exclamations qui émaillaient ses phrases que je n'ai pas pu faire autrement que de le remarquer. Par ailleurs, si Petra avait parlé jusqu'à présent avec beaucoup d'entrain, elle semblait tout à coup gênée et elle a même baissé les yeux pour ajouter :

— Tory est rentrée du lycée depuis un bon moment déjà. Elle est dans le jardin avec ses amis.

Là-dessus, elle m'a indiqué l'une des deux fenêtres. Je me suis approchée, j'ai écarté le léger voile blanc et j'ai regardé...

On aurait dit un jardin enchanté. C'est du moins l'impression que j'ai eue. Bon d'accord, chez nous, à Hancock, le jardin évoque plus une décharge qu'autre chose avec les vieux vélos de mes petits frères et sœurs, leurs jouets en plastique, la balançoire, la niche du chien, le carré de légumes de maman et les vieilles planches que papa a entreposées depuis des années dans l'idée de construire une extension à la maison... qu'il n'a jamais eu le temps de commencer.

Ici, c'était plutôt comme les jardins qu'on voit dans les séries télé. Pas *New York District*, mais *MTV Cribs*.

Il était entouré de trois murs de briques contre lesquels poussaient d'énormes rosiers grimpants.

Dans un coin, se trouvait un pavillon de jardin tout en verre, dont les montants métalliques croulaient également sous les rosiers. Un peu plus loin, il y avait une table en fer forgé avec des chaises assorties et, à l'ombre d'un saule pleureur, une chaise longue.

Mais ce que je préférais, c'était le bassin et sa fontaine. Une sirène en pierre se dressait au milieu et le bruit de l'eau, qui coulait de la bouche d'un poisson, s'entendait même des fenêtres fermées du troisième étage. J'ai plissé les yeux. Est-ce que les taches orange qui scintillaient dans l'eau étaient des cyprins dorés ?

— Ce sont des koïa, a lancé Petra, comme si je m'étais interrogée tout haut.

À présent qu'on ne parlait plus de Tory, elle avait repris sa voix normale.

— Ce sont des poissons japonais, a-t-elle continué. Et est-ce que tu vois Mouche, le petit chat des Gardiner ? Il passe ses journées devant le bassin à observer les poissons. Il n'en a pas encore attrapé, mais un jour, il finira par le faire.

L'éclat de la flamme d'une allumette, sous le toit du pavillon de jardin, a tout à coup attiré mon regard. Bien qu'on ne voie pas très bien à cause des gelées de printemps, j'ai tout de suite pensé que Tory s'y trouvait avec ses amis.

Et qu'ils fumaient.

Où est le problème ? Je connais des tas de gens de mon âge qui fument à Hancock.

Bon d'accord, une seule personne.

En même temps, tout le monde m'avait dit qu'à New York, c'était différent. Et pas que la vie, les gens aussi. Les gens de mon âge en particulier. Par exemple, les jeunes New-Yorkais sont plus sophistiqués et font plus âgés que chez nous.

Encore une fois, où était le problème ? Je pouvais tout à fait gérer ça.

Sauf que mon estomac, qui venait de se contracter, semblait penser le contraire.

— Je devrais peut-être descendre dire bonjour à Tory, non ? ai-je déclaré, parce que je sentais que c'était ce que je devais faire.

— Oui, a répondu Petra. Pourquoi pas ?

J'ai eu l'impression qu'elle avait envie d'ajouter quelque chose, mais pour la première fois depuis que je l'avais rencontrée, elle est restée muette.

Bien. Que se passait-il entre Tory et elle ?

Est-ce que j'avais fait une gaffe ? Avec ma chance, c'était tout à fait probable.

J'ai lâché le rideau et j'ai rassemblé tout mon courage avant de dire :

— Ça t'ennuie de me montrer le chemin ?

— Pas du tout, a répondu Petra.

Apparemment, elle n'était pas le genre de fille à rester silencieuse pendant longtemps. On commençait à peine à descendre l'escalier qu'elle m'a posé des questions sur mon violon.

— Tu joues depuis longtemps ?

— Depuis l'âge de six ans.

— Six ans ! Mais tu dois jouer super bien ! Tu nous feras un concert, dis ? Les enfants adoreront, j'en suis sûre !

Je me suis permis d'en douter, à moins que mes cousins soient vraiment différents des enfants de Hancock. À la maison, mes sœurs et frères détestent m'écouter jouer. Sauf peut-être quand je joue « The devil went down to Georgia » de Steve Ouimette. Et encore, ils décrochent très vite si je ne chante pas en même temps. Et je peux vous dire que ce n'est pas évident de jouer et de chanter en même temps. Même Patti Scialfa, la femme de Bruce Springsteen, qui joue du violon et qui chante, n'y arrive pas très bien.

Bref, Petra m'a demandé ensuite si j'avais faim et m'a parlé des cours de cuisine auxquels

Mrs. Gardiner l'avait inscrite pour qu'elle apprenne à préparer de bons petits plats américains.

— J'avais prévu un filet mignon pour demain soir, mais vu que tu es arrivée un jour plus tôt, on devra se contenter d'un dîner chinois qu'on commandera au Szechuan Palace. J'espère que ça ne t'ennuie pas. Les Gardiner assistent à un gala de bienfaisance ce soir. Ce sont des gens très généreux, toujours prêts à se mobiliser pour défendre une cause ou une autre. Il y a beaucoup de manifestations de ce genre à New York. Tu sais, la cuisine du Szechuan Palace est délicieuse. Mrs. Gardiner qui est allée en Chine l'an dernier pour son anniversaire dit qu'on mange exactement comme ça, là-bas. Voilà, c'est là, a-t-elle déclaré en arrivant devant une porte coulissante. Je te laisse. On se verra plus tard, si tu veux.

— Merci, Petra.

La porte coulissante donnait sur une terrasse qui surplombait le jardin. Je l'ai poussée et j'ai descendu les marches en prenant garde à ne pas tomber.

Une fois dans le jardin, le bruit de la fontaine était bien plus fort, et les rosiers en fleurs embaumaient l'air. C'était curieux d'être en plein New York et de respirer le parfum des roses.

En même temps, à leur douce senteur se mêlait celle, âcre, du tabac.

— Ho ! ho ! ai-je appelé en m'approchant du pavillon de jardin, histoire d'annoncer mon arrivée.

Personne ne m'a répondu, mais je suis sûre d'avoir entendu quelqu'un jurer. J'en ai conclu que Tory et ses amis devaient s'empresser d'éteindre leurs cigarettes. Du coup, pour ne pas les obliger à les écraser, je me suis dépêchée d'entrer et j'ai dit :

— Ne vous inquiétez pas, ce n'est que moi.

Sauf que je me suis retrouvée face à six étrangers. Et que ma cousine Tory ne figurait pas parmi eux.

C'était bien ma veine, tiens.

3.

Une des filles, aux cheveux aussi noirs que sa robe ultracourte et ses bottes, s'est approchée de moi en tanguant et, la main sur la hanche, m'a toisée de derrière ses yeux hyper maquillés.

— T'es qui, toi ? a-t-elle dit.

Consciente que ses camarades m'observaient avec la même hostilité, je me suis entendue répondre d'une petite voix :

— Euh… Jade Honeychurch. Je suis la cousine de Tory Gardiner.

La fille a juré puis elle a levé la main qu'elle cachait dans son dos et dans laquelle elle tenait un verre. Elle a bu une longue gorgée avant de lancer par-dessus son épaule :

— Ne vous inquiétez pas ! C'est juste ma cousine de l'Iowa.

J'ai cligné des yeux. Une fois. Deux fois. La troisième fois, j'ai dit :

— *Tory ?*

— Torrance, a corrigé ma cousine tout en posant son verre pour prendre une cigarette qu'elle a coincée entre ses lèvres rouge vif. Qu'est-ce que tu fous là ? Tu n'étais pas censée arriver demain ?

— Je... je crois que j'ai un jour d'avance, ai-je murmuré. Je suis désolée.

Ne me demandez pas pourquoi je me suis excusée. Après tout, ce n'était pas ma faute. C'est les Gardiner qui s'étaient trompés, pas moi.

Mais il y avait quelque chose chez Tory – du moins la nouvelle Tory – qui a fait que mon cœur s'est brusquement emballé. Était-ce bien Tory ? Ma cousine Tory avec qui, lors de sa dernière visite à Hancock, je m'étais baignée dans la rivière et amusée à grimper aux arbres ?

Ce n'est pas possible. *Cette* Tory-là était blonde et rondelette et avait un sourire espiègle et un sacré sens de l'humour. Tandis que celle qui se tenait devant moi donnait l'impression de ne pas avoir souri depuis une éternité.

Attention, je ne dis pas qu'elle n'était pas jolie. Elle l'était, mais à la manière des filles de la ville, chic et sophistiquée. Elle avait perdu ses rondeurs de bébé pour une silhouette d'une excessive minceur. Ses longs cheveux blonds aussi avaient disparu. Tory affichait à présent une coupe à la garçonne sur des cheveux d'un noir d'encre.

En fait, elle ressemblait à un mannequin – mais pas à l'un de ces top-modèles souriants et pleins de vie comme Cindy Crawford. Non, avec sa moue désabusée, Tory faisait plus penser à... à Kate Moss, après son arrestation pour addiction à la cocaïne.

Tory, que t'est-il arrivé ? avais-je envie de lui demander.

Tory devait sans douter penser la même chose à mon sujet, car elle a soudain éclaté de rire – mais d'un rire dénué de tout humour – et a dit :

— La Poisse ! Tu n'as pas changé d'un iota. Tu as toujours l'air d'une fille de la campagne ! Une vraie péquenaude !

O.K. Elle ne pensait pas du tout comme moi.

J'ai baissé les yeux. J'avais pourtant fait très attention ce matin quand je m'étais habillée, sachant qu'à ma descente de l'avion je me retrouverais dans la ville la plus sophistiquée du monde.

Mais de toute évidence, mon jean, mon sweat en coton rose, et mes mocassins assortis n'étaient pas suffisamment branchés pour cacher le fait que j'étais exactement ce que Tory m'accusait d'être : une fille de la campagne.

Même si Hancock n'est pas un petit village. Mais bon.

— Ouah ! s'est exclamé quelqu'un assis à l'intérieur du pavillon. Je donnerais n'importe quoi pour avoir des cheveux pareils !

Deux secondes plus tard, une fille qui, comme Tory, avait une allure de mannequin se tenait devant moi et m'inspectait des pieds à la tête.

— C'est naturel ? a-t-elle demandé en attrapant une de mes mèches.

Elle était de toute évidence en uniforme d'école – chemisier blanc, gilet bleu et jupe plissée grise –, sauf que sur elle, il semblait plus relever de la haute couture que d'autre chose. C'est dire à quel point elle était jolie.

— Oui, c'est naturel, a répondu Tory à ma place, mais sans donner l'impression de trouver ça bien. Notre grand-mère était rousse.

— Ouah ! a répété la fille. Quelle chevelure ! Je connais des filles qui paieraient une fortune pour avoir des boucles comme toi ! Et la couleur ! C'est d'un roux… flamboyant !

— Hé, a fait un garçon assis devant une table

en verre. Vous allez vous extasier longtemps devant votre rouquine ? On n'a pas que ça à faire.

La fille qui aimait bien mes cheveux a levé les yeux au ciel. Même Tory – ou Torrance, plutôt, comme elle préférait qu'on l'appelle maintenant – a poussé un soupir.

— Relax, Shawn. C'est bon, a-t-elle dit avant de me demander négligemment : Tu veux une bière ?

J'ai essayé de ne pas montrer ma surprise. Une bière ? Tory me proposait une bière ? Tory qui, il y a cinq ans à peine, refusait de manger des bonbons pétillants de peur qu'ils ne fassent exploser son estomac.

— Euh… non merci, ai-je répondu, non pas parce que je ne bois pas – j'ai bu du champagne au mariage de la mère de Stacy –, mais parce que je n'aime pas la bière.

— Il y a aussi du Long Island Ice Tea, si tu veux, a dit l'amie de Tory.

— Oh, super ! ai-je fait, soulagée.

— Moi non plus, je n'aime pas la bière, a-t-elle ajouté avec une grimace. Au fait, je m'appelle Chanelle.

— Chanel ? ai-je répété, pas tout à fait sûre d'avoir bien entendu.

— Oui. Mais avec deux L et un E à la fin. Chanel est la boutique préférée de ma mère.

— Heureusement que ce n'est pas Gap, a lancé le garçon que Tory avait appelé Shawn.

— Ne fais pas attention à lui, a soufflé Chanelle en pointant du doigt un garçon en pantalon gris, chemise blanche aux manches retroussées et cravate à rayures rouges et bleues négligemment nouée autour du cou. Et à côté, c'est Robert, mon petit copain.

Robert qui, mis à part ses cheveux noirs, ressemblait comme deux gouttes d'eau à Shawn, a relevé la tête, m'a vaguement saluée, et a repris ce qu'il était en train de faire, à savoir rouler une cigarette.

C'est à ce moment-là que je me suis rendu compte que ce n'était pas du tout une cigarette.

— Ensuite, tu as Gretchen, a continué Chanelle en m'indiquant une blonde, un piercing au sourcil, qui portait le même uniforme qu'elle. Et à côté de Gretchen, c'est Lindsey.

Lindsey, elle aussi en uniforme d'école, était une version miniature de Gretchen, le piercing en moins. À la place, elle portait un collier de chien en velours noir et un rouge à lèvres vermeil.

Les deux filles m'ont à peine regardée. Elles

semblaient bien plus intéressées par le contenu de leur verre.

— O.K., a dit Shawn. Maintenant qu'on en a fini avec les présentations, on peut peut-être reprendre notre business ?

Assis sur un banc, au fond du pavillon de jardin, un garçon s'est brusquement manifesté en s'éclaircissant la gorge.

— Oh ! a fait Chanelle, j'ai oublié Zach Rosen.

Zach a soulevé sa canette de Coca dans ma direction.

— Salut, cousine Jade de l'Iowa ! a-t-il lancé plaisamment.

À l'inverse des deux autres garçons, il ne portait ni cravate ni chemise blanche, mais un jean et un T-shirt. Il semblait également plus âgé d'un an ou deux.

Et il était aussi super beau. Dans le genre dieu grec aux épaules larges, aux cheveux noirs et aux yeux verts.

— Tu ne devais pas partir, Zach ? a demandé Shawn avec l'air d'avoir très envie qu'il parte, justement.

— Oui, c'était mon intention, mais je crois que je vais rester encore un peu, a-t-il répondu en me faisant de la place sur le banc.

— Comme tu veux, a soupiré Shawn visiblement déçu.

Tory m'a servi un verre de Long Island Ice Tea et je me suis assise à côté de Zach.

— Je suis contente que tu ne partes pas tout de suite, Zach, a dit Tory. C'est vrai, quoi. D'habitude, tu ne restes jamais.

— Peut-être parce que je ne tiens pas trop à m'éclater la tête avant la nuit, a-t-il répondu.

— Moi, si je pouvais, je m'éclaterais la tête vingt-quatre heures sur vingt-quatre, a fait observer Robert tout en léchant sa feuille de papier à rouler.

— Ça, on le savait, a rétorqué Chanelle, et pas sur le ton de quelqu'un qui semblait apprécier pareil comportement de la part de son petit ami.

— O.K. On en était où ? a demandé Tory. Ah oui, j'ai besoin d'une dose suffisante pour tenir jusqu'à la fin du trimestre. Et toi, Chanelle ?

Je me suis tournée vers Chanelle. Le gilet qu'elle avait noué autour de sa taille, tout comme celui de Gretchen et celui de Lindsey, arborait les mêmes rayures bleues et rouges que les cravates des deux garçons. Ils devaient donc tous fréquenter le même lycée, c'est-à-dire le lycée Chapman, là où mes parents m'avaient inscrite… un peu tard dans l'année, je l'admets. Mais j'avais des circonstances atténuantes.

À cette simple pensée, une boule s'est formée dans ma gorge. Ce n'était peut-être pas le moment de me remémorer ces… circonstances atténuantes.

— Je ne veux rien, a répondu Chanelle à la question de Tory.

— Allez, Chanelle ! a insisté Tory. On n'est qu'au début du trimestre. Et n'oublie pas le bal du printemps. Est-ce que tu as envie d'avoir l'air d'une grosse vache ? Hé ho ?

— S'il te plaît, Torrance. Tu sais très bien que tout ça me donne des boutons. Est-ce que tu veux que mon dermato me tue ? Hé ho ? a rétorqué Chanelle en imitant tellement bien la voix de Tory que Lindsey n'a pas pu s'empêcher de pouffer dans son verre puis de tousser bruyamment.

— Très drôle, a fait Tory.

Lindsey s'est essuyée avec le revers de son gilet et a dit :

— Vingt pour moi.

— O.K. Vingt, a répété Shawn en tapant sur le clavier du Palm qu'il avait sorti de son sac. Et toi, Tor ?

— Pareil, a répondu Tory.

Et, tout en prenant soin de m'ignorer consciencieusement bien que je la regarde droit dans les yeux, elle a allumé une cigarette. Je n'en revenais pas. J'avais déjà du mal à me faire à sa nouvelle couleur de cheveux sans parler de sa silhouette, mais là, je dois dire que c'était trop. Tory achetait de la drogue ? En même temps, Shawn n'avait rien du dealer qu'on voit dans *New York District*, par exemple. Il n'était ni maigre comme un clou ni répugnant. En fait, il était plutôt… beau garçon.

Tory non plus ne ressemblait pas à une junkie. Au contraire, même.

Pourquoi se droguait-elle, alors ?

— Il me faut aussi du Valium, a-t-elle ajouté. Je suis assez stressée en ce moment.

— Je croyais que vos petits séjours, à Shawn et à toi, dans la chaufferie du lycée, te faisaient du bien, a fait observer Gretchen d'une voix étonnamment grave pour sa taille.

Ce qu'elle venait de révéler l'était aussi. Grave. Est-ce que Tory et Shawn sortaient ensemble ?

En guise de réponse, Tory lui a adressé une grimace, qu'elle a accompagnée d'un geste plus qu'indécent.

— Je peux t'en avoir dix, a dit Shawn. Pas

plus, sinon je risque de me faire pincer. (Puis, se tournant vers Zach, il a ajouté :) Je sais que c'est une cause perdue, mais tu veux quelque chose, Rosen ?

— Non, merci, a répondu Zach.

— Tu es sûr, Zach ? a fait Tory, légèrement déçue. Parce que Shawn peut t'avoir de la super came. Pas des génériques. Son père est médecin.

— Laisse tomber, Tor, a lâché Shawn. Monsieur est clean. Et toi, la Rouquine ? Il y a quelque chose qui te tente ?

Tory qui, un instant plus tôt, semblait désappointée a éclaté de rire si fort qu'elle s'est étranglée en buvant, provoquant chez Lindsey, à qui c'était arrivé cinq minutes avant, une nouvelle quinte de toux.

— Euh, non merci, ai-je répondu en priant pour que personne ne remarque mon embarras. J'essaie d'arrêter.

— Mais c'est super ! s'est exclamé Zach, sur un ton pince-sans-rire. Tu es sur la bonne voie, cousine Jade de l'Iowa. La première étape, c'est admettre qu'on a un problème.

— Merci, ai-je murmuré.

Je n'en revenais tellement pas que le plus beau

garçon de la bande m'ait adressé la parole que je me suis jetée sur mon Long Island Ice Tea…

… pour le recracher immédiatement…

… sur Zach.

— Hé, la Rouquine ! On ne t'a pas dit non plus de gâcher la marchandise ! s'est écrié Robert en s'écartant brusquement.

— Je suis désolée ! Je ne savais pas qu'il…

— Qu'il y avait de l'alcool dedans ? a fini Tory à ma place tout en tendant une serviette en papier à Zach. Pourquoi crois-tu que ça s'appelle un Long Island Ice Tea ?

— Je ne connaissais pas. Je ne suis même jamais allée à Long Island de ma vie. Oh, je suis vraiment désolée, Zach !

Mais Zach ne semblait pas m'en vouloir. En fait, il me regardait, un petit sourire amusé sur le visage.

— *Je ne suis même jamais allée à Long Island*, a-t-il répété, comme s'il essayait de mémoriser la phrase.

Je n'arrivais pas à y croire. Enfin, si, j'y arrivais, parce que ça me ressemble tellement d'être aussi maladroite. Mais ce qui me dépassait, c'est d'avoir recraché mon Long Island Ice Tea sur Zach, que je trouvais décidément très, très séduisant. Je parle sérieusement. Ça faisait, quoi, une heure à peine que j'étais à New York, et je me couvrais déjà de ridicule. Tory et ses amies devaient penser que j'étais la pire péquenaude qu'ils avaient jamais rencontrée de leur vie. Attention, je ne dis pas qu'à Hancock, il n'y a pas de jeunes qui ne boivent pas ou ne fument pas. Ou n'achètent pas de drogues.

C'est juste que je ne les fréquente pas.

— Je suis vraiment désolée, ai-je redit.

— Pas de problème, cousine Jade de l'Iowa, a répondu Zach en me souriant. Tu veux un Coca ?

— Oui, merci.

Zach s'est levé mais Tory lui a fait signe de se rasseoir.

— Reste. J'y vais.

Et elle est sortie brusquement du pavillon de jardin.

— Qu'est-ce qu'elle a ? a demandé Gretchen une fois Tory hors de portée de voix.

Robert a regardé Zach avec insistance.

— Devine, a-t-il dit.

— Quoi ? a fait Chanelle.

— Tu es aveugle ou quoi ? Tor a des vues sur Rosen, a répondu Robert tout en tirant sur le joint. Sauf que Rosen, lui, il s'intéresse à la jeune fille au pair.

Zach a froncé les sourcils.

Et Chanelle a levé les yeux au ciel.

— Qu'est-ce que tu racontes ?

— Pourquoi un type qui est en dernière année de lycée traînerait avec des petits jeunots, à ton avis ? C'est clair que tu ne viens pas pour acheter de la dope, Rosen, n'est-ce pas ?

Au lieu de se défendre, comme je m'y attendais, Zach a paru soucieux.

— N'importe quoi ! s'est exclamée Chanelle. Torrance est amoureuse de Shawn.

— Si Tor est amoureuse de Shawn, pourquoi elle cherche autant à éloigner Rosen de la fille au pair ?

— Tais-toi, Robert, a lancé Chanelle en lui donnant un coup de pied sous la table. Tu ne sais pas de quoi tu parles !

— Aïe ! s'est exclamé Robert. Moi je te dis que Tor en pince pour Rosen.

— Arrête, maintenant, a insisté Chanelle.

— Oui, s'il te plaît, a dit Zach. Pas devant cousine Jade. Elle est nouvelle.

Robert m'a regardée.

— O.K., a-t-il marmonné. Désolé.

Jamais je ne m'étais sentie aussi mal de ma vie. *Cousine Jade ?* C'était presque pire que La Poisse.

Presque.

— Hé ! Où est le problème ? est intervenu Shawn en levant les yeux de son Palm. Tor et moi, on a passé un accord.

Shawn avait à peine fini sa phrase que Tory revenait avec un Coca à la main.

— Tiens, La Poisse, a-t-elle dit en me tendant la canette. À quel accord fais-tu allusion, Shawn ?

— Tu sais bien... Qu'on n'a pas une relation exclusive et qu'on est libres d'aller voir ailleurs.

— Oh ! a fait Tory. Tu veux dire les à-côtés ? Oui. Mais pourquoi on parle de ça ?

— Pour rien, s'est empressée de répondre Chanelle avant de foudroyer Robert du regard.

Apparemment, cela ne le gênait pas car il a adressé un sourire satisfait à Chanelle.

Les à-côtés ? J'ai essayé de ne pas paraître choquée et d'imaginer ce que ma meilleure amie Stacy dirait si Mike, son petit copain, lui suggérait d'avoir une relation qui autorise les à-côtés au lieu d'une relation exclusive.

J'avoue que ça m'a fait frémir. Parce que le carnage qui en résulterait ne serait pas joli à voir.

— Au fait, bienvenue à New York ! a lancé Tory en m'interrompant dans mes pensées.

— Oh ! ai-je dit, surprise. Merci.

Comme je baissais les yeux sur ma canette de Coca, histoire de cacher mon trouble, elle a ajouté :

— Il y en a d'autres dans le frigo. Est-ce que Petra t'a montré la cuisine ?

— Non, pas encore.

— Eh bien, arrange-toi pour qu'elle le fasse parce que c'est la dernière fois que je vais te chercher à boire.

— Bon sang, Tor ! Est-ce que tu es obligée d'être aussi désagréable ? s'est exclamée Chanelle avant de se tourner vers moi et de me demander, comme si elle était gênée par les mauvaises manières de son amie : Tu restes longtemps à New York ?

J'ai eu l'impression de recevoir un coup de poing dans le ventre. Chanelle venait de me poser la question que je redoutais et j'allais devoir m'expliquer.

— Mes parents m'ont inscrite à Chapman jusqu'à la fin de l'année, ai-je dit d'une petite voix. Et je passe l'été ici, aussi.

Gretchen et Lindsey ont aussitôt échangé un

regard qui ne m'a pas échappé. Mais je les comprenais. Quel genre d'élève débarque dans un nouveau lycée en plein milieu d'année ? À part ceux dont on cherche à se débarrasser ? C'est-à-dire des gens comme moi.

— J'avais oublié de vous prévenir que La Poisse allait vivre avec nous, a déclaré Tory.

— Mais pourquoi ? a demandé Chanelle.

Si, d'un côté, j'étais soulagée que Tory n'ait rien dit de ma venue, car son silence me permettait d'invoquer la raison que je voulais, d'un autre côté, je ne pouvais pas m'empêcher d'être un peu vexée. Même si c'était ridicule. C'est vrai, quoi. Elle aurait pu parler de moi à ses amis ! À moins, bien sûr, qu'elle se fiche totalement de ma présence. Ce qui me semblait plus que certain.

— Eh bien, ai-je dit, peu rassurée, j'avais besoin de faire un break.

Tory a roulé des yeux.

— S'il te plaît, La Poisse ! s'est-elle exclamée. Tu ne peux pas trouver quelque chose de plus intéressant à dire. On va te poser souvent la question, tu sais.

Moi qui pensais pouvoir répondre ce que je voulais, c'était raté.

J'ai baissé les yeux. Et j'ai rougi. Une fois de plus.

— C'est pour des raisons… personnelles.

— Tu es incroyable ! s'est à nouveau exclamée Tory en prenant le joint des mains de Shawn avant de tirer une longue bouffée. Pourquoi tu ne veux pas le dire ? La Poisse est ici parce qu'un psychopathe l'a harcelée.

4.

Et voilà. Tout le monde savait, maintenant.

Mais à qui la faute ? Si j'avais répondu normalement à la question de Chanelle, ce ne serait pas arrivé.

Sauf que, bien sûr, je ne l'avais pas fait.

Du coup, je méritais le coup bas que Tory venait de me faire.

En même temps, quel choc de l'entendre l'annoncer de manière aussi anodine.

Surtout que ce n'était que la moitié de la vérité. Je m'étais bien gardée de révéler l'autre partie.

Heureusement, d'ailleurs. Parce que je n'aurais pas supporté que Tory la clame sur tous les toits.

Mais ce qui m'a peut-être le plus gênée, c'est qu'elle donnait l'impression d'être très contente d'elle – contente de mon silence mortifié et de l'étonnement que sa révélation avait provoqué chez Gretchen et Lindsey.

— Tu es sérieuse ? a dit Shawn.

Même Zach m'a dévisagée, et avec tellement d'insistance que je me suis sentie encore plus mal que je ne l'étais déjà.

— C'est vrai ? a demandé Chanelle. Un psychopathe t'a vraiment harcelée. Ça a dû être terrible !

— Au contraire ! Ça doit être génial ! s'est exclamée Lindsey.

Tory a brusquement écrasé le joint dans le cendrier.

— Hé ! Qu'est-ce que tu fous ? Ce joint n'était pas fini ! a protesté Robert.

Tory a toisé Robert d'un air faussement embêté, puis s'est tournée vers Lindsey.

— Arrête de dire n'importe quoi, Lindsey, a-t-elle déclaré. Il n'y a rien d'excitant à être harcelée. Il paraît que le type était un vrai satyre. À tous les coups, il va rappliquer ici et nous assassiner pendant notre sommeil. Je n'en reviens pas que mes parents aient accepté de te prendre à la maison, La Poisse.

Moi non plus, je n'en revenais pas. Non que ma tante et mon oncle m'aient proposé de venir habiter chez eux, mais que Tory raconte ce qui m'était arrivé avec autant de désinvolture. Surtout quand on pense que j'avais quand même dû partir de chez moi, et renoncer à mes amis et à mon lycée où, il ne faudrait peut-être pas l'oublier, tout le monde m'appréciait. C'est vrai, quoi. Je suis une fille plutôt sympa. Et en général, les filles sympa ont la cote. Elles ne se font pas harceler…

… sauf, bien sûr, quand ce sont elles qui provoquent le harcèlement.

Mais ça, Tory ne le savait pas.

N'empêche. Qu'elle révèle ce qu'elle savait de cette façon, qui plus est devant Zach qui faisait bondir mon cœur dans ma poitrine chaque fois qu'il me regardait, c'était trop.

J'avais envie de mourir. Ou de vomir. Difficile de décider.

— Ce n'était ni un satyre ni un psychopathe, ai-je dit en prenant soin de parler distinctement.

Mais peut-être un peu trop fort, à en juger par l'air surpris qu'ils ont tous eu à ce moment.

— C'était juste un garçon avec qui je suis sortie, ai-je ajouté plus doucement. Et qui s'est un peu monté la tête.

Est-ce que cette explication allait suffire ?

— Il voulait probablement te prendre par la

main, a déclaré Tory, très sérieusement, ce qui a fait pouffer Shawn.

O.K. C'était méchant mais bien joué.

En attendant, ils croyaient à ma version. *Tory* y croyait, en tout cas.

Et pour l'instant, c'est ça qui comptait.

Mais quand j'ai fusillé Tory du regard à cause de sa remarque – parce que je suis le genre de fille à ne pas vouloir aller plus loin que marcher main dans la main avec un garçon –, elle a lancé :

— Allez, La Poisse ! Ne le prends pas mal. Après tout, ta mère est pasteur.

Chanelle a bondi.

— C'est vrai ? s'est-elle exclamée. Tu es la fille d'une femme pasteur ?

Évidemment, elle l'a dit comme si c'était ce qui pouvait arriver de pire à quelqu'un. Mais j'étais habituée. Les fonctions de ma mère dans notre temple éveillaient toujours le même étonnement.

— Je suis aussi la fille d'un consultant en informatique, ai-je répondu. Mon père travaille pour Microsoft.

Mais personne n'écoutait. Comme toujours.

— C'est tellement romantique d'avoir dû fuir de chez soi pour échapper à un amoureux fougueux, a dit Lindsey. J'aimerais tellement avoir un amoureux fougueux.

— Moi, je ne dirais pas non à un garçon juste sobre, a fait observer Chanelle. Malheureusement, je n'ai que Robert.

Robert a levé les yeux du joint qu'il essayait de récupérer et, remarquant que tout le monde le regardait, a demandé :

— Qu'est-ce qu'il y a ?

— Vous voyez ce que je veux dire ? a fait Chanelle, les yeux si malicieux que j'ai éclaté de rire...

... jusqu'à ce que Shawn explose :

— Bon, c'est pas fini tout ça ? Moi, j'en ai plus qu'assez de la vie amoureuse de la Rouquine. Il serait temps de me payer, mesdames.

Là-dessus, il a montré l'écran de son Palm.

— Je ne prends pas de chèque, je vous préviens.

Tory lui a jeté un regard mauvais tout en sortant son porte-monnaie. Le tout dernier modèle de chez Prada, à mille dollars. Ma petite sœur Courtney l'avait demandé pour son anniversaire et mes parents avaient hurlé de rire, comme si c'était la chose la plus hilarante qu'ils aient jamais entendue de leur vie.

Tory, Gretchen et Lindsey ont compté chacune vingt dollars, puis Tory a poussé les billets.

— Quand est-ce qu'on les aura ? a-t-elle demandé.

— Demain, a répondu Shawn tout en rassemblant les billets. Au plus tard, lundi.

— *Demain*, a dit Tory, les yeux plissés.

— O.K., O.K., a fait Shawn. Tu les auras demain.

— Torrance ? a appelé tout à coup Petra depuis la terrasse. Ta mère, au téléphone !

— Zut, a fait Tory. Je reviens tout de suite.

Voilà qui m'apportait une excuse idéale pour me sauver à mon tour sans trop me faire remarquer. Enfin, dans la mesure du possible.

— Je vais y aller aussi, ai-je dit en me levant. J'ai mes bagages à défaire. J'étais ravie de vous rencontrer.

Je n'étais pas sûre que ce soit le genre de choses à dire à une bande de jeunes blasés de New York, mais Chanelle a répondu gaiement :

— C'était un plaisir aussi de faire ta connaissance. On se verra au bahut, de toute façon.

Apparemment, ce que j'avais dit passait.

— Je m'en vais aussi. J'ai du boulot, a déclaré Zach. À plus !

— Torrance ! a appelé à nouveau Petra.

Tory a juré une seconde fois et est sortie du pavillon. Zach l'a suivie, et j'ai suivi Zach. Bien que, de dos, Zach soit aussi séduisant que de face, je n'ai pas pris le temps de m'extasier sur ce qu'il laissait voir de sa personne. Tout ce que je désirais à cet instant précis, c'était m'enfermer dans ma jolie chambre rose avec sa cheminée qui ne marchait pas et réfléchir à ce qui venait de m'arriver, sans parler de ce que j'allais faire.

Car je ne m'étais pas du tout attendue à ça. Mais alors pas du tout ! Je ne pensais évidemment pas qu'on se serait baigné dans un ruisseau ou qu'on aurait grimpé aux arbres, Tory et moi, mais je n'avais pas un seul instant imaginé que ce serait comme…

Comme *ça*.

Une fois sur la terrasse, Petra a tendu le téléphone à Tory puis nous a souri, à Zach et à moi.

— Je vois que vous avez fait connaissance, a-t-elle dit. Tu n'enjambes pas le mur, aujourd'hui, Zach ?

Zach a levé les mains en l'air. Elles étaient couvertes de petites égratignures rosâtres, un peu comme celles que je m'étais faites en me retenant à la grille en fer forgé quand j'étais arrivée.

— Pas avec tous ces rosiers qui poussent dans tous les sens, a répondu Zach. Ils vont finir par avoir raison de moi, un de ces jours.

— Et si tu passais par la porte d'entrée comme n'importe quelle personne normale, a fait observer Petra en souriant. Tu es trop grand pour escalader les murs !

Elle s'est alors tournée vers moi et a ajouté :

— Jade, si tu veux voir un musée, aller à l'opéra ou au théâtre, demande à Zach. Il sait tout ce qu'il faut savoir sur New York.

— Arrête, a fait Zach, légèrement gêné.

Est-ce que Robert avait raison ? Zach avait-il le béguin pour Petra ?

Si c'était le cas, ça ne se voyait pas tellement. En tout cas, il se comportait avec elle avec la même désinvolture amicale qu'avec…

… eh bien… moi.

— Pourquoi, puisque c'est vrai ? a insisté Petra. Quand je suis arrivée et que je ne connaissais personne d'autre que Mr. et Mrs. Gardiner et les enfants, Zachary m'emmenait *partout*. Au Guggenheim, au Met, dans des clubs de jazz. Même au zoo.

Zach a paru encore plus gêné.

— J'aime bien les phoques, m'a-t-il confié,

comme s'il s'excusait d'avoir emmené Petra dans un lieu aussi incongru qu'un zoo.

Finalement, il avait peut-être un peu le béguin pour elle.

— Et puis, a continué Petra tandis qu'on la suivait à l'intérieur de la maison, lorsque mon petit copain Willem est venu me rendre visite, Zachary nous a donné des billets pour aller au... comment ça s'appelle déjà ?

— Le Cirque du Soleil, a dit Zach, à présent vraiment très gêné. Mon père a toujours des billets pour ce genre de spectacle. Par son boulot, a-t-il ajouté en haussant les épaules.

Je lui ai souri. C'était plus fort que moi. Parce que, mis à part son physique de rêve, il y avait quelque chose chez lui de tout à fait... adorable. *J'aime bien les phoques*. Si Robert disait vrai, je comprenais que Tory ait le béguin pour lui. Moi-même, qui venais à peine de le rencontrer, je craquais déjà.

— Mais maman ! s'est écriée Tory dans la pièce voisine. Tu plaisantes ? Je n'ai pas que ça à faire.

Petra s'est empressée de fermer la porte.

— Jade, il faut que j'aille chercher les petits à

l'école, a-t-elle dit. Tu veux m'accompagner ? Je suis sûre que ça leur fera plaisir.

Petra n'avait malheureusement pas fermé la porte assez vite car on a entendu Tory s'exclamer :

— Parce que j'ai autre chose à faire que baby-sitter ma plouc de cousine, voilà pourquoi !

Petra m'a regardée, l'air désolé.

— Ne fais pas attention à ça. Je suis persuadée qu'elle ne parle pas sérieusement. Parfois Torrance dit des choses qu'elle ne pense pas.

J'ai souri. Que pouvais-je faire d'autre ?

En fait, la réflexion de Tory ne m'avait même pas blessée. Du moins, pas tant que ça. J'étais gênée, certes, surtout après avoir vu Zach grimacer en l'entendant me traiter de *plouc*.

Mais je commençais à m'habituer au fait que cette Tory n'était plus la douce et drôle Tory avec qui j'avais joué il y a cinq ans. La Tory d'aujourd'hui m'était une étrangère.

Et honnêtement, je me fichais comme d'une guigne de ce que des étrangers pouvaient penser de moi.

Bon d'accord, je n'étais peut-être pas si honnête que ça.

— Ne t'inquiète pas, Petra, ai-je dit, sur un ton

qui, j'espère, semblait désinvolte. Elle a probablement mieux à faire que me baby-sitter. Le problème, c'est que les gens pensent que je dois être baby-sittée, ai-je ajouté au cas où Zach et elle n'auraient pas compris le message. Et c'est faux.

Zach a haussé les sourcils mais s'est abstenu de tout commentaire. À tous les coups, il devait repenser au Long Island Ice Tea.

Petra a continué à excuser Tory (« Elle est toujours un peu stressée en milieu de trimestre », « Elle ne dort pas très bien ») jusqu'à la porte d'entrée. Je me suis demandé pourquoi. Après tout, cette nouvelle Tory ne m'avait pas donné l'impression d'être le genre de personne à s'excuser – et encore moins à éprouver le besoin de le faire.

Mais peut-être y avait-il des choses que je ne savais pas sur « Torrance » qu'il fallait prendre en considération. Qui sait si, malgré leur magnifique jardin et leur robinetterie plaquée or, tout allait si bien que ça chez les Gardiner ? En tout cas, en ce qui concernait Tory ?

— Eh bien, j'étais très content de faire ta connaissance, cousine Jade de l'Iowa, a déclaré Zach une fois qu'on s'est retrouvés Petra, lui et moi sur le trottoir (par miracle, j'avais réussi à descendre l'escalier du perron sans tomber, cette fois). J'habite juste à côté. Aussi, j'imagine qu'on aura l'occasion de se revoir.

O.K. Je comprenais maintenant l'allusion de Petra au fait que Zach escaladait les murs – son jardin était séparé de celui des Gardiner par le mur de pierre qui se trouvait près du pavillon. Ce qui expliquait aussi pourquoi, comme Tory, il avait eu le temps de se changer en rentrant du lycée.

— Oui, vous vous verrez souvent, a déclaré Petra, de nouveau enjouée à présent qu'on était sortis de la maison. Jade finit l'année scolaire à Chapman.

— C'est ce que j'ai entendu dire, a fait Zach avec un clin d'œil. Alors, à bientôt, cousine Jade de l'Iowa !

Les battements de mon cœur se sont brusquement accélérés. Si, devant un simple clin d'œil, je réagissais de la sorte, j'allais devoir me contrôler…

Heureusement, Zach nous a tourné le dos et s'est éloigné. Il habitait la maison qui se trouvait à gauche de celle des Gardiner. De quatre étages elle aussi, elle était bleu pâle, avec des moulures blanches. Mais aucune fleur n'ornait sa façade. La seule tache de couleur vive, c'était la porte d'entrée, peinte en rouge, du même rouge que les géraniums des Gardiner.

Ou que le sang.

Pourquoi je pensais à ça ?

— Allez, viens, Jade, a lancé Petra en prenant la direction opposée à celle de Zach. L'école de Teddy et d'Alice est par là.

— Une seconde.

Évidemment, je ne pouvais pas partir tant que Zach était encore dans mon champ de vision.

Non, il fallait que je reste plantée là, comme la péquenaude que Tory pensait que j'étais, à le regarder. Et c'est comme ça que je l'ai vu éviter de justesse un chauffeur dans sa voiture qui venait enfin de trouver une place pour se garer. Sauf que le passager a ouvert la portière pile au moment où…

… un livreur à bicyclette, son sac en bandoulière, arrivait à fond de train.

La scène s'est déroulée en quelques secondes à peine.

Le livreur a brusquement tourné son guidon pour éviter la portière de la voiture, et il aurait violemment heurté Zach…

… si je ne m'étais pas jetée tout à coup en

avant, et avais poussé Zach qui n'avait remarqué ni la voiture, ni la bicyclette, ni les géraniums rouge sang.

Bref, c'est comme ça qu'une bicyclette m'a renversée le premier jour de mon arrivée à New York.

Ce qui, quand on y réfléchit bien, ne pouvait arriver qu'à moi.

5.

— On ne le voit même pas, a dit tante Evelyn. Enfin, si, un peu, mais une petite touche de fond de teint, et personne ne le remarquera. En tout cas, lundi, quand tu iras au lycée, il aura disparu.

Je me suis regardée dans un miroir de poche. Le bleu que j'avais au-dessus du sourcil n'avait que quelques heures, mais il virait déjà au violet. Et comme ce n'était pas la première fois que je tombais, je savais d'expérience que lundi, il ne serait plus violacé mais jaune verdâtre.

— Oui, bien sûr, ai-je répondu, histoire de rassurer tante Evelyn.

— Je te le promets, a-t-elle insisté. Si je ne savais qu'il était là, je te jure que je ne l'aurais pas remarqué. Tu n'es pas d'accord, Tory ?

Assise dans l'un des deux fauteuils de ma chambre, Tory a lancé :

— Si, complètement.

Je lui ai souri. Finalement, mon imagination ne me jouait pas des tours. Depuis que ma tête avait heurté le trottoir, Tory s'était mise à être sympa avec moi – et super sympa même. C'est elle, m'avait-on raconté quand j'avais repris connaissance, qui avait appelé le SAMU après avoir vu toute la scène depuis les fenêtres du salon. Et tandis que Petra filait chercher les petits à l'école, c'est elle qui était montée dans l'ambulance avec moi et m'avait tenu la main jusqu'à ce que je me réveille, groggy et tout endolorie, dans la salle des urgences.

Et enfin, c'est à elle, et à ses parents qui l'avaient rejointe, que j'avais été confiée une fois le médecin assuré que je ne souffrais d'aucun traumatisme nécessitant une nuit d'observation à l'hôpital (le coursier, avait-on appris, s'était enfui sans une égratignure – son vélo n'avait même pas été endommagé).

Je dois dire que je ne comprenais pas ce qui expliquait pareil retournement de la part de Tory. Avant mon accident, c'est clair que je l'agaçais plus qu'autre chose et qu'elle aurait préféré que je reste dans ma campagne. Mais après tout, jusqu'à ce moment-là, je n'avais fait que lui donner raison : j'étais vraiment une plouc qui débarquait de sa campagne. Que s'était-il passé alors pour que, d'un seul coup, elle devienne aussi attentionnée ?

Bon, d'accord, la présence de Zach – dans l'ambulance puis à l'hôpital – y était peut-être pour quelque chose.

Mais il n'avait pas eu le droit de m'accompagner dans la salle des urgences, car il ne faisait pas partie de la famille, et une fois qu'il avait appris que ce n'était pas trop grave, il était rentré chez lui.

Cela dit, si Robert disait vrai – à savoir que Tory avait le béguin pour lui –, grâce à moi, elle avait quand même pu passer quelques heures avec lui.

Mais Zach était parti et Tory continuait à être gentille avec moi. Bizarre.

J'ai reposé le miroir et je me suis tournée vers ma tante.

— Je me sens tellement mal, tante Evelyn, ai-je dit. Vous n'auriez pas dû renoncer à votre soirée, oncle Ted et toi. C'est juste un petit bobo, tu sais.

— Je t'en prie, a fait tante Evelyn en agitant la

main. Ce n'était pas une soirée, comme tu dis, mais un gala terriblement ennuyeux pour l'inauguration d'un musée encore plus ennuyeux. Rassure-toi : tu nous as rendu service.

Tante Evelyn est la petite sœur de ma mère mais, mis à part la couleur des cheveux – elles sont toutes les deux blondes –, on ne peut pas dire qu'elles se ressemblent. Ma mère porte tous les jours de la semaine et de l'année une longue natte qui lui descend jusqu'aux fesses tandis que tante Evelyn a un carré très stylé, qui rehausse la forme de son visage.

Quant au maquillage, c'est simple, ma mère n'en met jamais. Au grand dam de ma sœur Courtney, elle considère que le recours aux cosmétiques est un acte frivole. Tante Evelyn, elle, use de rouge à lèvres, de mascara, d'ombre à paupières et porte un parfum délicieusement fleuri. Elle est en fait si séduisante qu'on a du mal à imaginer qu'elle est la mère d'une fille de seize ans.

Ce qui prouve, finalement, que le maquillage sert à quelque chose.

Remarquant ma tasse vide sur ma table de nuit, tante Evelyn m'a demandé :

— Tu veux encore du chocolat chaud, Jade ?

— Non, merci. Mais tu sais, tante Evelyn, vous

n'avez pas besoin de me veiller toute la nuit, Tory et toi. Le médecin a dit que j'allais très bien. C'est juste une grosse bosse, et crois-moi, j'en ai déjà eu avant. Ça va aller, je te promets.

— Je m'en veux tellement, a soupiré Evelyn. Si seulement j'avais su que tu arrivais aujourd'hui, et non demain, comme on le pensait…

— Tu aurais fait quoi ? ai-je demandé. Mis tous les coursiers à vélo sous les verrous ?

Attention, je ne dis pas que cela m'aurait évité d'être renversée, parce qu'ils m'auraient trouvée de toute façon. Ils me trouvent tout le temps.

— Oui, je sais, sauf que je n'imaginais pas ta première soirée avec nous comme ça, a répondu tante Evelyn en secouant la tête. Petra devait préparer des filets mignons pour qu'on mange tous ensemble, en famille. Au lieu de ça, on a pris un plat à emporter chez le Chinois en rentrant des urgences.

J'ai souri. Pauvre tante Evelyn. Maintenant, elle avait un aperçu de ce qu'éprouvait ma mère. En ce qui me concernait.

— Je suis désolée, ai-je murmuré.

— Désolée ? a répété Evelyn en redressant la tête. Mais pourquoi ? Ce n'est pas ta faute.

Sauf que ça l'était quand même un peu. Je

savais ce que je faisais. Je savais que la bicyclette me heurterait, moi, et non Zach.

Mais je savais aussi que le coup ne serait pas aussi violent, comparé à celui qu'aurait reçu Zach. Car je m'y attendais, alors que Zach, non.

Pourquoi sinon les géraniums m'étaient-ils apparus aussi rouges ?

Évidemment, je n'ai rien dit de cela. J'avais appris depuis longtemps à garder pour moi certaines réflexions, car elles entraînaient des questions auxquelles je préférais ne pas répondre.

— Toc, toc.

La voix d'oncle Ted a tout à coup retenti de derrière la porte de ma chambre.

— Est-ce qu'on peut entrer ?

Tory s'est levée et a ouvert. Mon oncle Ted se tenait dans le couloir, la petite Alice de cinq ans dans les bras et Teddy junior, debout, du haut de ses dix ans, à moitié caché par son père.

— Je suis venu avec deux personnes qui aimeraient dire bonne nuit à leur cousine Jade avant d'aller au lit.

— D'accord, mais une minute, a répondu Evelyn.

Dès que son père l'a posée à terre, Alice a bondi sur mon lit en agitant une feuille de papier.

— Cousine La Poisse ! Cousine La Poisse ! s'est-elle écriée. Regarde ce que j'ai fait pour toi.

— Doucement, Alice, s'est exclamée Evelyn.

— C'est bon, ai-je dit en attirant Alice contre moi comme je le faisais avec Sarabeth, et parfois encore avec Courtney. Montre-moi ce que c'est.

Alice a fièrement étalé son dessin devant moi.

— Voilà. C'est le jour où tu es née. Là, c'est l'hôpital, et là, c'est toi, qui sors du ventre de tante Charlotte.

— Ouah ! me suis-je exclamée, surprise par ce qu'on apprenait aux enfants de maternelle à New York. C'est... très intéressant.

— Le hamster dans leur classe vient d'avoir des bébés, a expliqué oncle Ted, presque sur un ton d'excuse.

— Et ça, a continué Alice en pointant du doigt une grosse tache noire, c'est le nuage d'où est sorti l'éclair quand tu es née. Tu sais, l'éclair qui a éteint toutes les lumières de l'hôpital.

— C'est un très joli dessin, ai-je déclaré en m'efforçant de paraître la plus convaincante possible. Je vais l'accrocher au-dessus de la cheminée.

— Elle marche pas, m'a prévenue Teddy, depuis le pied de mon lit où il se tenait.

— Jade le sait, est intervenu oncle Ted. De toute façon, il fait trop chaud pour faire du feu.

— C'est moi qui leur ai dit de te mettre dans cette chambre, a poursuivi Teddy. Vu que tout casse autour de toi, tu pourras pas casser la cheminée puisqu'elle est déjà cassée.

— Theodore Gardiner Junior ! s'est exclamée Evelyn. Veux-tu t'excuser immédiatement !

— Pourquoi ? a demandé Teddy. C'est toi qui l'as dit. Tu as même dit que c'est pour ça que tout le monde l'appelait La Poisse.

— Je connais un garçon qui va aller au lit tout de suite, a déclaré oncle Ted.

— Pourquoi ? a répété Teddy. En plus, c'est vrai. Elle s'est même cassé la tête aujourd'hui.

— O.K., a fait oncle Ted en prenant Teddy par la main avant de l'entraîner hors de la chambre. Ça suffit, maintenant. Viens, Alice. Petra vous attend. Elle va vous raconter une histoire.

Alice a pressé son visage contre le mien.

— Moi, je m'en fiche si tout casse autour de toi, a-t-elle murmuré. Je t'aime beaucoup et je suis très contente que tu habites avec nous. Bonne nuit, a-t-elle ajouté en m'embrassant.

Elle sentait bon la petite fille de cinq ans.

— Mon Dieu, a fait Evelyn une fois les enfants partis avec oncle Ted. Je ne sais pas quoi te dire.

— Ce n'est pas grave, ai-je répondu. Le dessin d'Alice est très joli. Et après tout, c'est vrai.

— Oh ! ne sois pas ridicule, La Poi…, pardon, Jade. Tu n'es absolument pas responsable de la panne de courant qui s'est produite au moment de ta naissance. Et ce qui s'est passé aujourd'hui était un accident, un point c'est tout.

— C'est bon, tante Evelyn, ai-je redit. Ce n'est pas grave, je te promets.

— Je ne suis pas d'accord. Et je vais aller de ce pas dire aux enfants de ne plus t'appeler La Poisse. C'est un surnom ridicule. Bon, a-t-elle ajouté en se levant avant de prendre ma tasse vide. Si tu n'as plus besoin de rien, on ferait mieux de te laisser dormir, Tory et moi. Et je ne veux pas te voir demain avant dix heures au moins. Le médecin a dit que tu devais te reposer. Viens, Tory.

Mais Tory n'a pas bougé.

— Je reste encore une minute, maman, a-t-elle dit.

Evelyn n'a pas paru l'entendre.

— Je vais appeler ta mère, a-t-elle déclaré en

se dirigeant vers le couloir. Je ne sais pas comment je vais lui annoncer.

Tory a attendu que sa mère soit hors de portée de voix pour fermer la porte. Elle s'est alors appuyée contre le montant et m'a regardée de derrière ses yeux bleus bordés d'un trait de khôl.

— Alors ? a-t-elle dit. Tu le sais depuis combien de temps ?

J'ai posé le dessin d'Alice. Il était plus de neuf heures et j'étais exténuée, d'autant plus que je commençais à ressentir les effets du décalage horaire. Physiquement, ça allait parfaitement, comme je l'avais assuré à tante Evelyn – ma bosse me faisait juste un tout petit peu mal quand je la touchais –, mais j'étais littéralement épuisée.

Je ne souhaitais qu'une chose : m'enfermer dans la salle de bains, faire ma toilette et ensuite me coucher et dormir. C'est tout. Juste dormir.

Mais apparemment, j'allais devoir attendre. Tory semblait avoir envie de parler.

— Depuis quand je sais quoi ? ai-je demandé en espérant que ma fatigue ne s'entende pas trop.

— Eh bien, que tu es une sorcière, a répondu Tory.

6.

J'ai cligné des yeux plusieurs fois. Tory avait l'air tout à fait sérieuse. Elle portait toujours sa mini-robe noire et était toujours aussi bien maquillée. Les quatre heures passées sur une chaise en plastique dans la salle des urgences de l'hôpital n'avaient manifestement eu aucun effet sur elle.

— Une *quoi* ?

Tory m'a adressé un sourire plein de bienveillance.

— Une sorcière. Je sais que tu en es une, alors inutile de le nier. On se reconnaît entre sorcières.

Je commençais à comprendre, pas tant aux paroles de Tory qu'à la façon dont elle se tenait, le corps tendu – comme notre chat, à la maison, quand il s'apprête à bondir –, qu'elle ne plaisantait pas.

C'était bien ma veine. Parce que, très franchement, j'aurais préféré qu'elle me fasse une blague.

Tout en prenant soin de choisir mes mots, j'ai répondu :

— Tory, je suis désolée, mais je suis fatiguée et j'aimerais bien dormir. On peut peut-être parler de tout ça une autre fois…

Raté. Ce n'était pas du tout ce que j'aurais dû dire, car Tory s'est brusquement mise en colère.

— Alors, c'est comme ça ! s'est-elle exclamée. Tu penses que tu es meilleure que moi parce que tu te sers de tes pouvoirs depuis longtemps, c'est ça ? Écoute-moi bien, La Poisse. Je suis la plus puissante de toutes les sorcières de mon assemblée. Gretchen et Lindsey ? Pftt ! Les sorts qu'elles essaient de jeter ne marchent même pas. Est-ce que tu sais qu'au lycée, on me craint ? Ça t'en bouche un coin, hein, Mademoiselle-qui-se-croit-la-plus-forte ?

Je suis restée bouche bée.

J'aurais dû m'en douter. Comment avais-je pu penser, quand ma mère avait raconté à tante Evelyn ce qui m'était arrivé, et que tante Evelyn avait suggéré que je vive quelque temps, ici, à New York, avec eux, que je serais en sécurité ?

Non, vraiment, j'aurais dû m'en douter.

— Est-ce que c'est à cause de ce que tu as vu cet après-midi ? a demandé Tory. À cause de cette histoire d'herbe ? Tu m'en veux parce que tu as découvert que je me droguais ?

— Non, Tory, ai-je répondu, toujours aussi déroutée, et avec l'étrange impression d'être trahie.

C'est clair que tante Evelyn n'avait aucune idée de ce que faisait sa fille, sinon, elle y aurait sûrement mis un terme.

— Je me fiche de ce que tu fais, ai-je repris. Enfin, ce n'est pas ce que je veux dire. Bien sûr, je me fais du souci, et je trouve que c'est stupide de prendre des médicaments qui ne t'ont pas été prescrits…

— La Ritaline, c'est juste pour tenir jusqu'à la fin du trimestre, m'a interrompue Tory. Quant au Valium, c'est… c'est parce que j'ai des insomnies parfois.

Tory a alors traversé la chambre et s'est assise sur mon lit.

— Je ne suis pas une droguée, non plus, tu sais, a-t-elle déclaré. Je ne prends ni ecstasy, ni cocaïne, ni rien de ce genre. C'est parce que votre assemblée de sorcières désapprouve le recours aux drogues ?

— Tory, je ne fais partie d'aucune assemblée, ai-je répété. Est-ce que tu pourrais me laisser seule, maintenant ? Sans vouloir te vexer, je suis épuisée.

Cette fois, ça a été au tour de Tory de cligner des yeux, et elle m'a regardée si fixement qu'on aurait dit que je m'étais transformée en l'un de ces cygnes de la salle de bains et que je m'étais brusquement mise à parler.

— Tu ne le savais vraiment pas ?

J'ai secoué la tête.

— Su *quoi* ?

— Que tu étais l'une des nôtres. Pourtant, tu aurais dû t'en douter, ne serait-ce qu'après ce qui s'est passé cet après-midi. Je t'ai regardée, Jade. J'étais au téléphone avec ma mère et j'ai suivi toute la scène depuis la fenêtre du salon.

Le regard de Tory était alors si brillant que ses yeux semblaient flamboyer dans la douce lueur de ma lampe de chevet.

— C'était comme si tu savais ce qui allait se passer. Tu t'es jetée sur Zach AVANT même que le coursier ne heurte le trottoir avec sa bicyclette. Tu ne pouvais pas savoir dans quelle direction il allait tourner. Mais tu l'as fait. Parce que, quelque part, tu savais…

— Évidemment que je le savais ! me suis-je exclamée, agacée. J'ai l'habitude. C'est toujours la même chose. Dès que je suis quelque part, il y a toujours une catastrophe qui se produit. C'est l'histoire de ma vie. Je n'y peux rien. Je casse systématiquement tout ce qui m'entoure.

— Tu n'as rien cassé, Jade. Tu as sauvé la vie de quelqu'un. Tu as sauvé la vie de Zach.

J'ai secoué la tête à nouveau, incrédule. C'était pour échapper à *ça* que j'étais venue à New York ! Mais non, il fallait que ça recommence et que ce soit en plus ma cousine Tory – la dernière personne au monde à laquelle j'aurais pensé – qui cherche à me remettre sur la voie.

— Écoute, Tory, ai-je dit. J'ai peur que tu ne t'emballes pour pas grand-chose. Je n'ai pas sauvé…

— Si, Jade, m'a-t-elle interrompue. Tu as sauvé la vie de Zach. Lui-même le dit. Si tu n'avais pas fait ce que tu as fait, Zach ne serait plus là.

J'ai cru recevoir un coup de poing dans le ventre tellement pareille éventualité m'a déstabilisée.

— Peut-être, ai-je murmuré.

— Jade, regarde la vérité en face. Tu as hérité du don.

Mon sang s'est figé.

— Le… quoi ?

— Le don, a répété Tory. Grand-mère ne t'a jamais raconté l'histoire de Branwen ?

J'ai lâché un petit rire nerveux. Que pouvais-je faire d'autre ?

— Tu parles de cette histoire délirante sur son arrière-arrière-arrière-grand-mère ? Je t'en prie, Tory ! me suis-je exclamée en essayant de paraître la plus détachée possible. Ne me dis pas que tu crois à ces balivernes. C'était juste quelque chose que Grand-mère s'amusait à raconter quand elle s'ennuyait avec ses amis du bridge…

— Non, ce ne sont pas des balivernes, et ce n'est pas une histoire délirante. Notre arrière-arrière-arrière-grand-mère Branwen qui vivait au pays de Galles était une sorcière. Et Branwen a dit à sa fille qui l'a dit à sa fille qui l'a dit à Grand-mère que la première fille de sa fille – c'est toujours les aînées et jamais les cadettes – hériterait du don. J'imagine que ça saute parfois une génération puisque tu as les cheveux roux de Grand-mère, et pas nos mères.

J'ai machinalement porté la main à mes cheveux. Je ne peux pas m'en empêcher. Dès qu'il est question d'eux, il faut que je vérifie qu'ils sont toujours là.

— Tory, je ne pense pas…

— Tu ne comprends donc pas que Branwen parlait de *nous* ! m'a interrompue Tory à nouveau. Nous sommes les premières filles des filles de notre grand-mère. Nous sommes la nouvelle génération de sorcières de la famille.

J'ai pris une profonde inspiration. Je n'avais plus l'estomac noué, mais coulé dans le béton.

— Soit dit sans offense, Tory, ai-je commencé, je crois que tu as trop regardé *Charmed*. Ou alors, tu subis encore les effets de ce joint…

— Je suppose que je vais devoir te le prouver, a-t-elle déclaré en soupirant.

Je l'ai épiée du coin de l'œil.

— Et comment vas-tu t'y prendre ?

— Ne t'inquiète pas, je ne vais pas soulever ton matelas grâce à la lévitation, a-t-elle répondu en descendant de mon lit. Ça ne marche pas comme ça. Ne bouge pas, je reviens.

Là-dessus, elle a ouvert la porte de ma chambre et est sortie.

Super. Maintenant, ma cousine Tory pensait qu'elle était une sorcière. Mais finalement, ça ne m'étonnait pas tant que ça. Vu ma veine…

Comme je ne savais pas quoi faire en l'attendant, j'ai ramassé le miroir de poche pour réexaminer mon bleu. Il n'y avait pas de doute à avoir : c'était bel et bien un bleu et pas une bosse. Et c'est clair qu'il serait toujours là lundi pour ma première journée dans ma nouvelle école. Ma nouvelle école privée à Manhattan. Celle qui, chaque fois que j'y pensais, me donnait envie de vomir.

Oh, et puis après tout, ce n'est pas comme si j'étais une reine de beauté ! Comment Shawn m'avait-il appelée ? Ah oui ! la Rouquine. Est-ce que c'est ça qui m'attendait, lundi ? Des railleries fusant de toutes parts parce que je suis rousse et originaire d'un État traditionnellement rural ? Est-ce que j'étais condamnée à être cousine Jade de l'Iowa pendant le restant de ma vie ?

En même temps, c'était mieux que La Poisse.

Tory est revenue, une boîte à chaussures dans les bras. Elle a fermé la porte et s'est approchée de mon lit. Il y avait quelque chose dans la délicatesse avec laquelle elle maniait cette boîte qui m'a tout à coup donné des sueurs froides.

— Si tu soulèves le couvercle de cette boîte et que quelque chose, n'importe quoi, me saute à la gorge, je te jure que je t'étrangle, ai-je déclaré.

— Rien ne va te sauter à la gorge, a rétorqué Tory. Ne sois pas stupide.

Elle s'est assise et a délicatement soulevé le couvercle. Je me suis alors penchée en avant et j'ai essayé d'apercevoir ce que Tory avait enfoui sous plusieurs couches de mouchoirs en papier. En même temps, je ne tenais pas particulièrement à savoir ce que c'était.

Une fois le dernier mouchoir retiré, Tory a plongé la main au fond de la boîte et en a sorti…

… une poupée.

J'ai aussitôt eu un haut-le-cœur. Le temps de courir jusqu'à la salle de bains, je vomissais tout mon dîner.

Combien de temps suis-je restée agenouillée à côté des toilettes, mystère. Mais quand je suis ressortie – je dois dire que je me sentais un peu mieux, comme si la boule de nerfs qui me nouait l'estomac était passée de la taille d'une balle de basket-ball à celle d'un grain de maïs –, Tory était toujours assise au bord de mon lit, la poupée sur les genoux.

J'ai soigneusement évité de la regarder tout en la rejoignant.

— Ça va mieux ? a demandé Tory, l'air sincèrement inquiet.

J'ai hoché la tête et je me suis vite glissée sous les draps. Ils étaient frais, et tellement plus doux que ceux qu'on a à la maison.

— C'est pas de veine, a dit Tory.

— Oui. Je suis désolée.

— Tu veux que j'aille chercher maman ?

— Non, ce n'est pas la peine de la déranger. Ça va aller.

— Bien, a fait Tory. Tu sais, par rapport à ce que je te disais avant que…

— Tory…

— Torrance, a-t-elle rectifié.

— Torrance, est-ce qu'on peut en parler plus tard ?

— Ça ne prendra pas longtemps, ne t'inquiète pas. Tu as vu cette poupée ?

J'ai hoché la tête en prenant soin de garder les yeux fermés. Ça ne changeait pas grand-chose, parce que je l'avais bien regardée avant que je file dans la salle de bains. C'était la poupée la plus grossièrement faite que j'avais jamais vue. Tory l'avait sans doute cousue elle-même en utilisant de vieux bouts de tissu. Elle lui avait confectionné une chemise blanche et un pantalon gris, et une cravate à rayures rouges et bleues. Cette tenue me rappelait vaguement quelque chose, mais quoi ?

Impossible de mettre le doigt dessus. Cela dit, c'est surtout l'assemblage des cheveux qui avait attiré mon attention : ils semblaient vrais et certains étaient châtains et d'autres noirs comme…

… comme ceux de Tory.

— Alors, tu le reconnais ? a-t-elle demandé, de toute évidence très fière de sa création.

Je n'avais pas d'autre choix qu'ouvrir les yeux.

— Pas vraiment, non, ai-je répondu.

Tout à coup, le déclic s'est fait : c'était l'uniforme de Chapman.

— C'est… Shawn ? ai-je proposé d'une toute petite voix.

— Mais non, idiote ! a répondu Tory en éclatant de rire.

Apparemment, elle n'avait toujours pas remarqué que quelque chose clochait. Chez moi, je veux dire.

— C'est Zach ! Tu as vu les cheveux noirs ? J'ai réussi à lui en couper une mèche le mois dernier. Il pensait que j'étais folle ! Et une fois à la maison, je les ai mélangés aux miens et j'ai fabriqué cette poupée. Tant que nos cheveux se mélangent, il ne peut pas tomber amoureux d'une autre fille que moi. Je lui ai jeté un sort, tu comprends ? Pour qu'il m'aime. J'ai trouvé la formule sur Internet. C'est cool, hein ?

Un sort. Trouvé sur Internet.

L'espace d'une seconde, j'ai cru que j'allais être de nouveau malade, mais heureusement, la nausée est passée.

— Je croyais que tu sortais avec Shawn.

— Exact, mais j'ai toujours eu le béguin pour Zach. Il est tellement mignon, tu ne trouves pas ? Bien sûr, comme c'est mon voisin depuis... eh bien, depuis toujours, pendant des années, il n'a pas fait attention à moi. J'étais la petite Tory qui habite à côté. Mais les choses ont changé depuis que j'ai découvert la magie et que j'ai fabriqué cette poupée. Je crois que ça commence à marcher.

J'ai repensé à ce que Zach avait confié quand on était tous dans le pavillon de jardin – *je ne tiens pas trop à m'éclater la tête avant la nuit* –, et j'ai dit :

— C'est curieux, parce qu'il n'a pas l'air d'être ton type.

— C'est vrai, a reconnu Tory. Il est plus branché études que fêtes. Mais c'est parce qu'il a besoin de moi pour égayer sa vie. Et quand il sera à moi, tout ça changera.

Quand il sera à moi.

J'ai fermé à nouveau les yeux.

— Je ne crois pas que t'amuser avec ces histoires de sorcière soit une bonne idée, Tory.

— Pourquoi pas ? s'est exclamée Tory, sincèrement surprise. C'est dans nos gènes. Et ça marche. Zach n'est sorti avec aucune fille depuis que je lui ai jeté un sort. Et il vient ici quasiment tous les soirs après les cours.

J'ai repensé à ce que Robert et les autres avaient dit. Si Zach venait tous les jours dans le jardin des Gardiner, il me semblait que c'était plus pour y voir Petra qu'à cause de cette poupée.

Mais j'ai préféré garder cette réflexion pour moi. À la place, j'ai répondu :

— Je ne sais pas… Ça me fait un peu l'effet d'être du… du harcèlement.

— Et alors ? Tu t'y connais en harcèlement, non ?

J'ai rouvert les yeux et je lui ai adressé un regard mauvais. Mais je n'ai rien dit. Après tout, elle avait raison.

Sauf qu'elle ne savait pas tout.

— Mais peu importe, a-t-elle ajouté en haussant les épaules. Tu n'as pas tout vu.

Là-dessus, elle a sorti une aiguille de la boîte à chaussures et l'a plantée dans la tête de la poupée.

— Hé ! me suis-je écriée. Qu'est-ce que tu fais ?

— Calme-toi, a répondu Tory. J'agis sur ses pensées pour effacer de son esprit tout ce qui ne me concerne pas.

J'avoue que je m'attendais presque à entendre un hurlement venant de chez Zach. Mais heureusement seul le murmure de la fontaine du jardin m'est parvenu, avec, au loin, le hululement de la sirène d'une voiture de police.

— Si tu continues comme ça, ce n'est pas à toi qu'il va penser, mais à de l'aspirine, n'ai-je pas pu m'empêcher de faire observer tandis que Tory tournait l'aiguille dans la tête de la poupée.

— Zach n'est sorti avec aucune fille depuis que j'ai confectionné cette poupée, a-t-elle répété.

— Tu l'as déjà dit.

Puis, en prenant soin de choisir mes mots, parce que je n'étais pas sûre de sa réaction, j'ai ajouté :

— Et… est-ce qu'il… est-ce qu'il t'a demandé de sortir avec… lui ?

— Eh bien…, a commencé Tory en rangeant

la poupée dans la boîte. Pas exactement. Mais il vient tous les jours…

— Après les cours. Ça aussi, tu l'as déjà dit. Écoute, Tory, je suis désolée, mais… cette histoire de sorcière, ce n'est vraiment pas une bonne idée. Fais-moi confiance.

— Ce n'est pas une *histoire de sorcière*, a rétorqué Tory. Et ce n'est pas une *idée*. C'est un fait. Je suis une sorcière. Et toi aussi, probablement, vu que tu es l'aînée.

Le nœud dans mon estomac s'est serré d'un cran.

— Tory. Pardon, je veux dire, Torrance. S'il te plaît, est-ce qu'on peut reparler de tout ça à un autre moment ? Je ne me sens vraiment pas bien.

Elle a reposé le couvercle sur la boîte.

— Si tu dois sentir quelque chose, c'est une impression de soulagement, a-t-elle dit. De savoir, enfin, que tu n'es plus toute seule.

Puis elle s'est penchée vers moi et a posé sa main sur la mienne.

— Tu n'es pas un monstre, Jade.

Si seulement elle savait.

— Merci, ai-je murmuré. Voilà une pensée très… réconfortante.

— Je comprends que ce soit un choc pour toi,

a-t-elle continué. Pour moi aussi, ça l'a été. En fait, depuis que Grand-mère m'a raconté cette histoire, quand on est tous allés la voir en Floride, je pensais que j'étais la seule. Celle dont Branwen parlait, la petite-fille qui hériterait du don. Mais c'est clair qu'après ce que j'ai vu aujourd'hui, toi aussi, tu as hérité du don. De toute façon, il fallait bien s'attendre à ce qu'après toutes ces générations, la prédiction de Grand-mère soit un peu déformée. Elle devait dire les filles des filles de Branwen, et pas la fille de la fille. Parce que Grand-mère a eu deux filles, et chacune d'elles a une fille en premier. Donc, il s'agissait de nous deux. Toi et moi, on est des sorcières. Après tout, pourquoi il n'y aurait pas de place pour deux sorcières par génération ?

Sans attendre ma réponse, elle a poursuivi :

— Il ne te reste plus qu'à apprendre à te servir de tes pouvoirs. Je peux t'aider, si tu veux. Tu n'auras qu'à venir à l'une de nos assemblées. Grâce à nos pouvoirs, Jade, aux tiens et aux miens réunis, on pourra faire de grandes choses. Comme diriger l'école. Mieux, *diriger le monde*.

— Non, me suis-je empressée de répondre.

Tory a paru surprise.

— Pourquoi pas ?

— Parce que…, ai-je commencé en hésitant.

Tory allait être très en colère. Je le savais. Mais je préférais qu'elle soit en colère plutôt qu'elle apprenne la vérité.

— Je t'ai dit, je ne pense pas que s'amuser à jeter des sorts soit une bonne chose. Admettons que tu aies raison, que notre arrière-arrière-arrière-grand-mère ait été une sorcière et qu'elle nous ait transmis ses pouvoirs. Est-ce que tu crois vraiment qu'on a le droit de s'en servir pour piéger des garçons ? Je ne sais pas grand-chose de la magie, mais ne sommes-nous pas tenues de n'y avoir recours que pour faire le bien et non le mal ?

— En quoi faire que le garçon pour qui tu as le béguin tombe amoureux de toi est une mauvaise chose ? a demandé Tory. Je t'en prie, Jade, épargne-moi le discours sur le culte de la nature et les arbres sacrés.

Je me suis retenue de ne pas la gifler et j'ai répondu :

— Je crois que tu te trompes, Tory. La magie se sert de la nature, car elle y puise son énergie. C'est du moins ce que j'ai compris. Si tu ne respectes pas la source de ton énergie, celle-ci se retourne contre toi. De la même manière, si tu te sers de cette énergie pour accomplir quelque chose de négatif – comme priver Zach de son droit d'aimer qui il veut en fabriquant cette poupée –, alors il t'arrivera quelque chose de négatif.

Tory ne semblait plus du tout surprise. Elle était tout simplement folle de rage.

Elle a pincé les lèvres au point de les faire presque disparaître et a dit :

— Très bien. J'espérais que tu ferais preuve d'un peu plus de largeur d'esprit. Après tout, il s'agit de *ton* héritage. Mais si tu veux rester une péquenaude toute ta vie, libre à toi. Mais n'oublie pas, Jade. On est là. Si un jour tu changes d'avis, préviens-moi.

Sur ces paroles, elle s'est levée et, la boîte contenant la poupée de Zach à la main, elle s'est dirigée vers la porte.

— En fait, a-t-elle ajouté une fois à la porte, on est *partout*.

Comme si je ne le savais pas déjà.

7.

— Pousse-toi !

J'ai viré à gauche pour entendre quelqu'un d'autre derrière moi crier :

— Dégage !

Cette fois, je me suis carrément écartée et j'ai laissé les coureurs me dépasser. Je sais, je ne suis pas la personne la plus athlétique du monde, mais c'était ridicule. Dans mon lycée, en Iowa, les élèves de première année n'ont plus besoin de s'inscrire en sport. Et je suis en première année.

Mais au lycée Chapman, seules les dernière année sont exemptées d'EPS. Ce qui est très bien – l'obésité est un vrai problème aux États-Unis, et c'est capital de pratiquer une activité physique et tout ça.

Sauf que c'est à cause de cette règle idiote que

je me suis retrouvée, pour mon premier jour dans ma nouvelle école, à courir autour du réservoir de Central Park – comme Chapman ne possède pas de gymnase, les cours de sports ont lieu dans l'un des plus célèbres parcs du monde –, en T-shirt blanc et en short bleu tellement court que cela en était gênant. Du moins, à mes yeux.

Déjà que je ne cours pas vite. Non, il fallait en plus que j'aie l'air stupide dans cette tenue.

Franchement, c'était bien ma veine.

— Attention ! a crié une blonde en arrivant à ma hauteur tandis que je me remettais doucement à courir.

Je me suis poussée et je l'ai vue disparaître, avec sa queue-de-cheval qui rebondissait dans son dos. Comment se faisait-il qu'on me traite déjà en paria à Chapman ?

Au début, j'avais pensé que c'était à cause de mes vêtements. Tout le monde à Chapman porte un uniforme.

Et puis, je me suis demandé si ce n'était pas mes bijoux, ou plutôt mon absence de bijoux. La plupart des filles de ma classe – dont la blonde qui venait de me dépasser – avaient des diamants aux oreilles, dont certains de la taille d'un ongle.

Et il ne fallait pas être expert pour voir que ce n'était pas du toc.

Quant à leurs montres… À ma grande surprise, j'avais appris que Tory avait une Gucci. Et Chanelle une Rolex. Est-ce que personne à Chapman ne portait de Swatch ou de Timex ?

Et apparemment, des mocassins de chez Nine West n'étaient pas considérés comme des chaussures acceptables pour une élève en première année à Chapman. Même si la seule différence que je voyais entre mes chaussures et les Ferragamos de Tory n'était que quatre cents dollars.

Bref, que je ne porte ni les bonnes chaussures ni des bijoux hors de prix, et que j'aie en plus un bleu au front – un accessoire toujours très chic –, sans parler du fait que j'étais incapable d'entrer dans une salle ou d'en sortir sans me heurter à quelqu'un ou à quelque chose participait sans nul doute à mon statut de loser.

Mais le pire, c'est que même loin de chez moi, je ne pouvais échapper à mon surnom. Tory s'était en effet empressée de m'appeler La Poisse quand j'avais fait tomber mon Coca – qui bien sûr avait explosé – à la cafétéria, et depuis… tout le monde avait suivi son exemple.

J'étais La Poisse, et c'est clair que je le resterais.

Tu ne vaux pas un billet de cent dollars, aimait bien me rappeler Grand-mère quand j'étais petite et qu'on allait lui rendre visite dans sa résidence pour personnes âgées. *Alors, ne t'attends pas à ce que tout le monde t'aime.*

C'était le moins qu'on puisse dire ! Déjà que ce n'était pas évident d'être la fille d'une femme pasteur. C'est vrai, quoi. Les gens s'attendent à ce que vous soyez prude, ou alors au contraire sournoise, comme le personnage qu'interprète Lori Sinfer dans *Flashdance*.

Mais le plus étonnant, c'est qu'on aurait dit qu'ils... savaient. Que j'étais la fille d'une femme pasteur. Peut-être à cause de ma façon de m'habiller. Ou à cause de mon violon – je m'étais inscrite à l'orchestre du lycée, la seule classe où je me sentais à l'aise... quoique je ne me sois pas fait des amis en jouant directement la partie des seconds violons.

Et alors ? C'était ma faute si je travaillais mon instrument tous les jours ?

Ou bien, c'était parce que je ne connaissais pas Kanye West, *Laguna Beach* ou tous ces groupes ou ces émissions de télé-réalité que mes parents ne m'autorisent pas à regarder ou à écouter sous prétexte que mes sœurs sont trop petites.

Quoi qu'il en soit, j'avais l'impression qu'on m'avait collé une étiquette sur le front avec PARIA écrit dessus et que toutes les personnes que je croisais à Chapman réagissaient en conséquence.

Mais, heureusement pour moi, il n'y avait pas trop de monde dans ce coin-là de Central Park pour me voir me ridiculiser en trébuchant contre les racines qui pointaient de temps en temps hors de terre. Évidemment, il fallait que ça tombe sur moi qu'aujourd'hui soit le jour des épreuves de sport nationales instaurées par notre président, lesquelles comportaient entre autres une course chronométrée. J'avais vraiment cru que le prof plaisantait lorsqu'il nous avait montré le réservoir – qui évoque plus un lac, selon moi – et nous avait dit qu'on devait faire le tour deux fois.

C'était une blague ?

Apparemment, non, et je l'ai compris quand j'avais vu le reste de la classe s'élancer sur la piste.

Mais bon, ce n'était pas non plus si déplaisant que ça. C'était même étrange de se retrouver au milieu de la nature, avec tous ces arbres énormes autour de soi, et de voir le toit des gratte-ciel qui dépassait de leurs cimes.

D'autres personnes allaient aussi sur la piste. Des touristes, qui se promenaient dans le parc avec leurs appareils photo et leurs caméras, et des écoliers avec leur maître ou leur maîtresse, en chemin pour le musée d'Histoire naturelle. Il y avait même des cavaliers, en jodhpurs et bombes.

Oui, c'était en fait assez agréable.

La course mise à part, bien sûr.

Bref, alors que j'avançais péniblement, une voix a lancé tout à coup non loin de moi :

— Hé !

Pensant qu'il s'agissait encore une fois de quelqu'un qui voulait que je le laisse passer, je me suis retournée…

… et j'ai trébuché sur une pierre.

— Hé ! a répété le coureur en ralentissant à ma hauteur. Ça va, cousine Jade de l'Iowa ?

Par chance, je n'étais pas tombée, et je ne m'étais pas fait mal non plus. Pour une fois. J'ai repris mon équilibre et j'ai répondu, tout en priant pour que Zach – puisqu'il s'agissait de lui – ne devine pas mon trouble.

— Salut, Zach.

Il m'a souri.

Il portait la même tenue que moi sauf que sur lui, le short ne paraissait pas trop court. Non, il était pile à la bonne taille.

Mieux. Il lui allait parfaitement.

— Je ne savais pas que tu avais gym avec nous, ai-je dit. Mais au fait, pourquoi es-tu dans cette classe ? Je croyais que tu étais en dernière année.

Zach a haussé les épaules.

— À Chapman, il faut faire trois années d'EPS. Du coup, je suis là.

— Oh.

Un groupe de coureurs est arrivé sur ces entrefaites. Zach m'a aussitôt attrapée par le bras et m'a entraînée hors de la piste, derrière un buisson.

— Pffft, a-t-il soupiré en suivant les coureurs du regard, visiblement agacé. Qu'est-ce qu'ils croient ? Qu'on s'entraîne pour les Jeux olympiques ?

— Oui, ai-je fait, sans trop savoir quoi répondre. Mais on… on devrait peut-être y retourner, sinon le président sera déçu par notre mauvaise forme physique.

Zach a jeté un coup d'œil à sa montre. Impossible de savoir s'il portait une Rolex, comme la plupart des élèves de Chapman. Mais le peu que j'avais vu me laissait penser qu'elle n'était pas très bon marché non plus.

— Tu sais quoi ? Je ne pense pas que notre président se soucie tant que ça de notre forme physique. Viens, partons.

— Partons ? Et si on ne finit pas la course…

— On la finira, a dit Zach en souriant. On arrivera en soufflant et en haletant comme tous les autres, sauf qu'on aura pris un raccourci.

J'ai contemplé la piste poussiéreuse. Jamais je n'avais séché un cours de ma vie. Hé ho, je suis quand même la fille d'une femme pasteur.

Sauf que… ma mère était très loin.

Sans compter que, pour la première fois de la journée, je n'avais pas l'estomac noué. Quelle en était la raison ? Je n'en avais aucune idée.

Alors, pourquoi pas ?

— D'accord, ai-je répondu. Si tu me promets que ça ne nous attirera pas d'ennuis. Je n'ai pas envie de me faire attraper dès le premier jour.

Zach a levé trois doigts.

— Parole de scout, a-t-il dit.

J'ai éclaté de rire.

— Tu n'as jamais été scout. Je suis même sûre qu'il n'y a pas de scouts à New York.

— Tu te trompes. Il y a des scouts à New York.

Mais tu as raison en ce qui me concerne. Je n'en ai jamais fait partie.

Au lieu de nous emmener dans les profondeurs du parc, comme je le redoutais, le raccourci de Zach nous a conduits sur un chemin pavé qui n'était pas exactement bondé mais possédait suffisamment de marchands de glace et de touristes pour que je m'y sente à l'aise. Zach s'est d'ailleurs dirigé droit vers l'un des marchands et m'a demandé :

— Qu'est-ce que tu prends ?

Je me suis penchée sur la pancarte, posée contre la voiture. Je ne connaissais aucun des cornets et des esquimaux qui y étaient représentés. Même les glaces étaient différentes à New York !

— Ouah ! me suis-je exclamée devant un énorme cornet rouge, blanc et bleu. C'est quoi, celui-là ?

— Deux Jumbo Jetstar, a dit Zach au vendeur. On appelle ça aussi des Rockets, a-t-il ajouté en se tournant vers moi. Je n'arrive pas à croire que tu n'en aies jamais vu avant. Qu'est-ce que vous mangez en Iowa ? Des cornets à la pomme de terre ?

— Non, ça, c'est dans l'Idaho, ai-je rétorqué, légèrement blessée. Sache qu'on a des tas de glaces super bonnes en Iowa. Comme des cornets au coulis à la cerise.

— Je parie que vous n'avez pas de glace italienne, a fait Zach.

— Bien sûr que si !

— En tout cas, tu ne me feras jamais manger de cornet au coulis à la cerise.

Le vendeur a tendu deux Jumbo Jetstar à Zach et celui-ci a sorti un billet de cinq dollars qu'il a extrait de sa chaussette. C'est à ce moment-là que je me suis rendu compte que je n'avais pas d'argent sur moi.

— Je suis désolée…, ai-je commencé.

— Je t'invite, a répondu Zach tout en me présentant mon Jumbo Jetstar avec un grand moulinet du bras. Après tout, c'est le moins que je puisse faire étant donné que tu m'as sauvé la vie.

J'ai aussitôt piqué un fard.

— Je ne t'ai pas sauvé la vie.

— Ah bon ? a fait Zach, amusé. Comme tu veux. Alors, tu aimes ?

Très franchement, je trouvais que le Jumbo Jetstar, ou le Rocket, puisque ça s'appelait également comme ça, n'avait rien de particulier, mais pour ne pas le vexer, j'ai répondu :

— Délicieux.

— Je te l'avais dit.

En fait, c'était une très bonne idée de manger une glace. Il faisait particulièrement chaud pour un mois d'avril, et comme on avait quitté le sous-bois, le soleil tapait fort. Autour de nous, les gens allaient à rollers, les nounous promenaient les bébés dont elles avaient la garde. Il y avait même des gens qui prenaient des bains de soleil.

— Ton bleu a presque disparu, a fait observer Zach tandis qu'on marchait.

J'ai machinalement porté la main à mon front. Zach cherchait évidemment à être poli, car je savais bien que c'était faux et que l'ecchymose se voyait comme le nez au milieu de la figure. Il avait eu tout le loisir de l'examiner, hier soir, quand il était passé avec ses parents chez tante Evelyn et oncle Ted pour prendre de mes nouvelles. Histoire de me mettre encore plus dans l'embarras, ses parents m'avaient apporté une douzaine de roses en me remerciant d'être intervenue avec autant de diligence.

J'avais essayé d'être la plus courtoise possible, comme ma mère aurait voulu que je sois. Mais ce n'était pas évident. Tout le monde, et pas Tory uniquement, semblait penser que j'avais accompli un acte d'une grande noblesse en me jetant sur le passage de ce coursier, alors qu'en réalité, tout ce que j'avais fait ne relevait que de mon manque de chance habituel. Pendant tout le temps qu'avait duré la visite de Zach et de ses parents, je n'avais pas pu m'empêcher de prier pour que le plancher des Gardiner s'ouvre brusquement et m'engouffre.

Attention, je ne dis pas que les parents de Zach ne sont pas sympathiques. Ils sont adorables. Le père de Zach est avocat dans le show-biz, et sa mère est conseiller fiscal. Mais j'aurais préféré qu'ils restent chez eux. Je ne suis pas quelqu'un de très sociable et j'ai toujours du mal quand je suis, comme ça, le centre d'autant d'attention.

Quel dommage que ce soit moi, en fait, et pas Tory, qui aie été là quand le coursier était arrivé à fond de train sur Zach. Elle aurait adoré recevoir des roses et que tout le monde soit aux petits soins pour elle. À la place, elle avait vécu la scène par procuration, et m'avait observée, debout contre le mur, un genou relevé et un petit sourire aux lèvres, tandis que je répondais tant bien que mal aux questions des parents de Zach.

Zach, lui, s'était installé dans le canapé blanc du salon, un Coca dans les mains, participant peu à la conversation mais souriant beaucoup. Plus tard, dans la soirée, Tory m'avait confié qu'il n'avait pas cessé de regarder son genou, celui qu'elle avait relevé. Ce qui était normal, avait-elle ajouté, vu qu'il la désirait tellement.

Personnellement, j'avais l'impression que c'est moi qu'il regardait. En tout cas, chaque fois que je levais la tête, mes yeux croisaient les siens.

Mais bien sûr, je n'en ai rien dit à Tory. De toute façon, il était fort probable que je me trompe et que ce soit le genou de Tory qu'il regardait.

Quoi qu'il en soit, tout le monde s'était amplement penché sur mon bleu, l'avait examiné sur toutes les coutures, avait analysé sa couleur et sa taille et prédit sa durée. J'étais tellement gênée que j'avais presque envisagé de faire mes valises et de rentrer chez moi. Bon d'accord. Presque, seulement.

Il avait fallu que je contemple le bouquet de roses que m'avaient offert les parents du garçon qui m'occupait de plus en plus l'esprit – car, autant l'admettre, j'étais mordue, et bien mordue, même si je savais que mon amour pour Zach ne serait jamais partagé – pour me dire que, finalement, je n'étais pas si à plaindre que ça.

— Ce que je ne comprends pas, a repris Zach

en m'interrompant dans mes pensées, c'est pourquoi tout le monde t'appelle La Poisse.

J'ai poussé un soupir.

— Je pensais que ce serait clair, après ce qui s'est passé. J'attire la malchance. Dès que j'arrive quelque part, il se produit toujours des catastrophes.

Je lui ai alors raconté qu'une coupure de courant s'était produite pile au moment de ma naissance, nécessitant de conduire tous les malades en hélicoptère dans l'hôpital de la ville voisine.

— Le médecin qui m'a mise au monde a dit que c'était une vraie calamité et a ajouté en plaisantant que j'aurais dû m'appeler La Poisse. Tout le monde a trouvé ça très drôle. Et depuis, ce surnom m'est resté. Malheureusement.

Zach a haussé les épaules.

— Ce n'est pas si terrible que ça. Mon père a une cliente qui est née en faisant des bulles. Du coup, tout le monde l'appelle Bubbles. Tu vois, tu as échappé à pire.

— Oui, sans doute.

Mais je doutais que la dite Bubbles ait continué à faire des bulles pendant le restant de sa vie, tandis que ma malchance ne m'avait pas quittée. En tout cas, pas depuis seize ans.

Ce qui m'a fait penser à quelque chose que je voulais demander à Zach. Et au cas où je n'aurais pas l'occasion de le voir de nouveau seul, il valait mieux le faire tout de suite. Parce que si je connaissais les sentiments de Tory à son égard, je ne savais pas ce que *lui* pensait d'elle. Après tout, il avait paru surpris quand Robert avait laissé entendre qu'il avait le béguin pour Petra... et que Tory s'était entichée de lui.

— Dis, Zach, ai-je commencé non sans hésitation. Est-ce que Tory se drogue... beaucoup ? Est-ce que c'est un problème, je veux dire. Ou est-ce qu'elle fait juste ça pour s'amuser ? Ne t'inquiète pas, je n'en parlerai pas à ses parents, me suis-je empressée d'ajouter.

L'autre chose qui craint quand on est la fille d'une femme pasteur, c'est que tout le monde pense automatiquement que vous êtes une cafteuse.

— Mais si c'est sérieux...

— Pas facile d'être la fille d'une femme pasteur, hein ? a fait Zach, à ma grande surprise.

Ouah ! Est-ce qu'il lisait dans mes pensées ?

Mon cœur s'est aussitôt mis à battre la chamade. Calme-toi, Jade. Il est amoureux de Petra, et tu n'as aucune chance. Même si tu le voulais.

Ce que tu ne veux pas, vu que Petra est une fille que tu apprécies. N'est-ce pas ?

— Oui, parfois, ai-je répondu, les joues en feu.

— Je te comprends. Je vais te confier un secret, mais ne le répète à personne. *Sept à la maison* était ma série préférée quand j'étais petit, a-t-il déclaré en me faisant un clin d'œil.

J'ai éclaté de rire.

Autre chose qui m'étonnait : quand j'étais en présence de Zach, je ne me sentais plus du tout nouée. Curieux.

— Ce n'est pas si terrible que ça, ai-je fait observer. Mais pour en revenir à Tory, disons que je me fais un peu de souci, c'est tout.

— La plupart des choses que ta cousine fait ou dit, c'est pour attirer l'attention sur elle, a déclaré Zach. Ton oncle et ta tante sont des gens très occupés, et Tory aime bien... dramatiser, comme tu t'en es sans doute déjà aperçue. Avec elle, il faut toujours que ce soit les extrêmes. C'est sa façon de se faire remarquer. Comme avec cette histoire de sorcières.

J'ai frémi.

— Tu... tu es au courant ?

— Tu plaisantes ? Tory a fait en sorte que tout le bahut soit au courant. Un jour, elles ont même apporté un chaudron, ses copines et elle, et elles se sont amusées à jeter des sorts dans la cafétéria. Sauf qu'elles n'ont réussi qu'à déclencher le détecteur de fumée. Le principal était fou de rage. Et bien sûr, Tory est allée raconter qu'il l'empêchait de pratiquer sa religion. Ha ! Comme si la sorcellerie était une religion.

— En fait, ça peut en être une, ai-je rétorqué, légèrement vexée par son ton. Mais ce que font Tory et ses amies, c'est-à-dire jouer aux sorcières, n'a rien à voir avec la vraie sorcellerie. Les vraies sorcières ne jettent pas de sorts pour attirer l'attention sur elles, mais parce qu'elles y voient un accomplissement spirituel. Et quand elle est pratiquée correctement, la sorcellerie a plus à voir avec la reconnaissance de la nature, et le fait de la remercier pour ses bienfaits, qu'avec la volonté de faire plier quelqu'un à ses propres désirs ou de faire apparaître quelque chose.

— Ne me dis pas que tu en es une toi aussi, a dit Zach, sur un ton désapprobateur.

— Non, bien sûr, mais quand on est la fille d'une femme pasteur, on s'intéresse aux pratiques spirituelles. À *toutes* les pratiques. Je peux te parler de chamanisme, si tu veux.

— Une autre fois ! Mais je suppose que je vais

devoir te croire sur parole en ce qui concerne cette histoire de spiritualité. Cela dit, je n'arrive pas à m'ôter de l'esprit que ta cousine s'intéresse à la sorcellerie, non pas parce qu'elle est branchée New Age ou macrobiotique, mais parce que c'est un truc dont elle peut se vanter auprès de ses amis.

— Je crois que ça va un peu plus loin, ai-je corrigé en songeant à la colère qui s'était emparée de Tory quand on avait parlé de Branwen, notre ancêtre commune, le soir de mon arrivée. Mais je suis soulagée que tu ne penses pas qu'elle ait un problème. Par rapport à la drogue, je veux dire.

— Honnêtement, je crois que Tory est trop intelligente pour mettre sa vie en danger. Ce que tu as vu, l'autre jour, dans le pavillon de jardin, c'était surtout pour bluffer l'assistance.

L'assistance ? Surtout lui, plutôt. Car après tout, qui d'autre Tory voulait-elle bluffer ?

Mais la question était : le savait-il seulement ?

Décidant qu'il valait mieux changer de sujet, dans la mesure où je ne tenais pas particulièrement à ce que Tory m'accuse de parler d'elle dans son dos – on ne sait jamais, mais ce genre de chose finissait toujours par se retourner contre vous –, j'ai demandé :

— Au fait, cette année que tu as passée à l'étranger, c'était où exactement ?

La description de la ville de Florence, avec ses monuments et ses musées, nous a menés jusqu'au croisement de la Cinquième Avenue et de la 88e Rue, où Mr. Winthrop, le prof, attendait les élèves, un chronomètre à la main. On s'est empressés de jeter nos cornets et de faire quelques étirements pour nous mettre en train, puis, on s'est cachés derrière un buisson et, dès qu'un groupe de coureurs en T-shirts blancs et shorts bleus est passé à notre hauteur, on a rejoint nos camarades en haletant et en soufflant, comme si on venait de courir quinze kilomètres.

— Excellent, Rosen ! a lancé Mr. Winthrop. Tu as battu ton record de l'an dernier d'une bonne minute.

J'ai dû me retenir pour ne pas pouffer de rire, surtout quand Zach a répondu, le plus sérieusement du monde :

— Merci, monsieur Winthrop. C'est parce que je me suis beaucoup entraîné.

Plus tard, alors qu'on retournait tous au lycée, Zach m'a rattrapée avant que je n'entre dans le vestiaire des filles et m'a demandé :

— Tu as déjà goûté du souvlaki ?

— Non, ai-je répondu, en rougissant devant le regard étonné des autres filles qui cherchaient à voir qui me parlait.

— C'est vrai ? a continué Zach. Demain, je t'emmène en manger, alors.

Et sur ces paroles, il s'est dirigé vers le vestiaire des garçons.

Ouah ! Zach envisageait de me faire découvrir un plat que je ne connaissais pas.

Ce qui revenait à m'inviter à sortir avec lui, non ?

Bon, peut-être pas finalement. À tous les coups, il agissait de la sorte parce que je lui avais sauvé la vie.

Mais tout de même.

Ce n'est qu'une fois douchée et changée, et dans un état second, je l'admets, que je me suis rappelé que Zach n'était pas exactement… libre. Si les rumeurs disaient vrai…, il aimait Petra.

Et ma cousine était folle amoureuse de lui.

Suffisamment en tout cas pour confectionner une poupée à son image qu'elle perçait régulièrement d'aiguilles.

Ce qui signifiait que si je faisais quoi que ce soit qui lui déplaisait – comme aller manger du souvlaki avec Zach –, elle pouvait très bien fabriquer une poupée à *mon* image.

Et ce ne serait pas mes pensées qu'elle percerait, ça, j'en étais sûre.

Pourtant, au souvenir du regard malicieux de Zach quand on avait fini la course, je me suis rendu compte que je me fichais de la réaction de Tory. Oui, je m'en fichais, tout comme je me fichais bien qu'elle soit amoureuse de Zach ou que lui soit amoureux de Petra.

Voilà où j'en étais.

On pourrait penser qu'étant donné mes malheureuses expériences, je me serais méfiée.

Apparemment, ce n'était pas le cas.

Ce qui montrait à quel point je manquais de bon sens.

8.

Je l'ai vue quand j'ai changé la litière de Mouche.

Les corvées. C'est une grosse affaire chez les Gardiner. Non pas parce qu'elles sont nombreuses. Au contraire, il y en a très peu. Grâce à Petra, la jeune fille au pair, à Marta, la femme de ménage, et à Jorge, le jardinier, il ne reste pas grand-chose à faire.

Mais tante Evelyn et oncle Ted estiment, tout comme mes parents, qu'il est important que les enfants se voient confier certaines responsabilités. Du coup, quelques jours après mon arrivée – et une fois mon bleu tout à fait disparu –, une discussion a eu lieu sur ce que seraient « mes corvées ».

— Elle ne peut pas avoir les miennes, a déclaré Teddy.

On se trouvait tous autour de la table et on mangeait, avec un peu de retard, le filet mignon que Petra avait prévu pour mon arrivée.

— Je dois vider le lave-vaisselle quand Marta n'est pas là et nourrir les poissons. Et j'adore faire ça.

— Elle peut avoir les miennes, a marmonné Tory.

Le matin même, elle avait décidé de devenir végétarienne et obligé donc Petra à lui préparer du tofu à la place du rôti. D'après moi, et d'après le regard qu'elle lançait à ma tranche de viande, elle regrettait amèrement son choix.

— Je dois remplir le lave-vaisselle et changer la litière du chat. Je ne vois pas d'ailleurs pourquoi c'est moi qui le fais.

— Parce que c'est toi qui as voulu un chat, lui a rappelé tante Evelyn sèchement. Et parce que tu nous as dit que tu t'en occuperais.

— Sauf que Mouche est le chat le plus ingrat que j'aie jamais vu, a répliqué Tory. Il dort avec Alice toutes les nuits, même si c'est moi qui lui donne à manger et qui nettoie sa litière.

Alice, qui mangeait son filet mignon comme un hamburger, c'est-à-dire entre deux tranches de pain avec du ketchup, a levé les yeux et a lancé, d'un ton indigné :

— Si tu ne lui criais pas dessus tout le temps parce qu'il met des poils sur tes habits, il dormirait avec toi.

Tory a roulé des yeux et a déclaré :

— Jade n'a qu'à s'occuper de sa litière.

Bien que tante Evelyn n'approuve pas ce nouvel arrangement, je me suis retrouvée responsable de la litière de Mouche. J'ai également proposé de surveiller Teddy et Alice un après-midi par semaine, quand les cours de Petra ne lui permettaient pas de rentrer suffisamment tôt pour aller les chercher à l'école. Jusqu'à présent, c'était Marta qui s'en chargeait. Apparemment, personne n'avait jamais réussi à faire que Tory s'occupe de son petit frère et de sa petite sœur. Pas même ses parents.

Mais ça ne me gênait pas. J'adorais Teddy et Alice. Ils me rappelaient tellement mes petits frères et sœurs. Car, il me fallait bien l'admettre, ils me manquaient terriblement et bien plus que je ne l'aurais imaginé – Courtney qui, du haut de ses treize ans, rêvait de devenir top-modèle, Jeremy qui, à dix ans, était déjà un fan de baseball, Sarabeth, qui ne se déplaçait pas sans toutes ses poupées, comme toutes les petites filles de sept ans, et Henry, le bébé de la famille, qui venait tout juste de fêter ses quatre ans.

En tout cas, avoir un travail à faire régulièrement, comme chez mes parents, me donnait le sentiment de faire partie de la famille Gardiner, et m'aidait à ne pas trop souffrir de l'absence des miens.

Mais quand le jour de la paie est arrivé et que tante Evelyn m'a tendu un billet de cinquante dollars, j'ai vite compris que je n'étais plus dans l'Iowa.

— C'est quoi ? ai-je demandé, persuadée qu'elle attendait que je lui rende la monnaie.

— Ton salaire, a répondu tante Evelyn en tendant la même somme à Tory.

Teddy et Alice, dont les besoins financiers étaient apparemment moins importants, ne recevaient que vingt et dix dollars respectivement.

— Mais…

J'ai contemplé le billet. Cinquante dollars ? Pour changer la litière de Mouche et aller chercher Teddy et Alice à l'école une fois par semaine ?

— Je ne peux pas accepter, ai-je déclaré. Vous payez déjà l'école, j'habite ici et…

En fait, je soupçonnais les Gardiner de faire plus que ça. Je n'en étais pas sûre, mais j'avais entendu dire qu'on n'entrait pas aussi facilement que cela à Chapman. Il y avait une liste d'attente à la tête de laquelle je m'étais apparemment retrouvée grâce à une « donation » des Gardiner. Mes parents étaient-ils au courant ? J'aurais été bien en peine de le dire, mais moi, je l'étais, ce qui me rendait encore plus consciente de ma dette envers ma tante et mon oncle. D'autant plus qu'ils savaient pourquoi il avait fallu que je change de lycée, et même d'État.

Comment pouvais-je, dès lors, accepter qu'ils me donnent de l'argent en plus ?

— Prends ce billet, Jade, a insisté tante Evelyn. Je te dois au moins ça pour garder Teddy et Alice tous les mercredis. N'importe quelle baby-sitter de Manhattan me demanderait bien plus.

— Peut-être, mais...

Depuis que mes petits frères et sœurs étaient nés, je les gardais régulièrement et pas une seule fois mes parents ne m'avaient payée !

— Non, franchement, ça me gêne, ai-je dit.

— Bon sang, La Poisse ! s'est écriée Tory tout

à coup. Tu n'as pas un peu fini ? Contente-toi de prendre ces cinquante dollars, point final.

— Je suis d'accord avec Tory, a dit tante Evelyn. Prends l'argent, Jade. Je suis sûre que tu voudras aller au cinéma ce week-end ou faire quelque chose avec tes nouveaux amis. Profites-en. Tu le mérites.

Je me suis abstenue de faire remarquer à ma tante que je ne m'étais pas vraiment fait de « nouveaux amis ». Bien sûr, il y avait les élèves de l'orchestre, qui avaient fini par m'accepter une fois digéré le fait que je joue dès le premier jour la partie des seconds violons. Mais bon, quand on est musicien, on trouve toujours un terrain d'entente avec les autres membres de l'orchestre.

Il y avait Chanelle aussi, à côté de qui je m'asseyais à la cafétéria. Mais, bien qu'elle ne participe pas aux assemblées de sorcières, c'était l'amie de Tory. En même temps, si elle mangeait à la table de Tory, c'est essentiellement parce que son petit ami, Robert, y mangeait et que celui-ci mangeait avec Shawn. Et si Tory me laissait m'asseoir avec eux, jamais elle ne m'avait donné l'impression de m'avoir invitée. C'était plutôt comme une faveur qu'elle m'accordait. En fait, je crois qu'elle aurait préféré que je mange avec les élèves de l'orchestre. Cela dit, moi-même j'aurais préféré manger avec eux.

Sauf que je n'avais pas trouvé le moyen de le faire sans échapper à une remarque sarcastique venant de ma cousine. Parce que même si je savais qu'elle ne tenait pas particulièrement à ce que je m'assoie à sa table, je savais aussi qu'elle n'aurait pas supporté que je la snobe en mangeant ailleurs. En vérité, depuis notre conversation sur Branwen, elle ne s'était pas vraiment montrée très chaleureuse avec moi.

Mais bon, aussi gênée que je sois à l'idée de toucher cinquante dollars par semaine pour un travail si minime, j'ai vite su comment les dépenser. Pas plus tard d'ailleurs que la première fois que j'ai changé la litière de Mouche.

Les Gardiner achètent une litière absorbante, très facile à nettoyer dans la mesure où il suffit juste de retirer les excréments à l'aide d'une pelle, et de rajouter ensuite un peu de litière saine. Mais soit celle-ci n'était pas de bonne qualité, soit Tory ne l'avait pas changée depuis longtemps parce que j'ai eu beau ramasser tout ce que je pouvais avec la pelle, elle sentait toujours très fort. L'odeur ammoniaquée de l'urine de Mouche empestait la buanderie où se trouvait sa caisse.

Pauvre Marta, n'ai-je pas pu m'empêcher de penser quand je suis entrée dans la pièce. Comment faisait-elle pour supporter cette puanteur quand elle venait là pour s'occuper du linge ?

Décidant d'offrir à Mouche une nouvelle litière, j'ai ouvert un paquet neuf et j'ai vidé l'ancienne dans un sac-poubelle.

Au début, j'ai cru que mes yeux me jouaient un tour. Et puis, j'ai vu le scotch et quand j'ai compris que ce n'était pas une erreur, j'ai aussitôt lâché la caisse de Mouche comme si elle avait pris feu.

Car même si je l'avais complètement débarrassée de la vieille litière, elle n'était pas vide. Du moins, pas entièrement. Scotchée au fond et cachée jusque-là par plusieurs centimètres d'épaisseur de litière malodorante, se trouvait une photo. Bien que très abîmée et aux couleurs passées, je n'ai eu aucun mal à reconnaître… Petra.

Comment Tory avait-elle pu faire une chose pareille ? Parce que de toute évidence, ça ne pouvait être que l'œuvre de Tory.

Mais ce qui me troublait bien plus, c'est que je savais pourquoi elle avait fait ça.

Non, ce n'est pas possible. Tory ne pouvait pas être aussi mauvaise. Elle ne mesurait pas la portée de son geste, ai-je cherché à me convaincre tout en retirant soigneusement la photo. Si elle en avait eu conscience, elle se serait abstenue. Même à son pire ennemi, on ne souhaite pas ça.

Ben voyons ! De qui est-ce que je moquais ? Bien sûr que Tory savait ce qu'elle faisait.

Ce qui explique pourquoi il fallait à tout prix que je l'arrête.

Même si je devais pour cela rompre mon serment.

Bon d'accord, je ne l'avais fait qu'à moi-même.

Mais parfois, ce sont les plus difficiles à tenir.

J'ai trouvé ce que je cherchais sur Internet. Une boutique. Une boutique qui n'aurait sans doute pas fait long feu à Hancock.

À New York, cependant, il semble que les gens s'en fichaient.

Elle se trouvait dans East Village, près de la 7e Rue. Et j'avais deux heures pour comprendre comment m'y rendre.

Le métro me paraissait le meilleur moyen de transport, mais je ne l'avais jamais pris depuis mon arrivée, et à l'idée de l'emprunter seule, j'étais terrifiée.

Sauf que ce qui risquait d'arriver si je ne le prenais pas me terrifiait encore plus.

Du coup, j'ai déniché un plan de métro dans un tiroir de la cuisine où je savais que tante Evelyn rangeait ce genre de chose, et je suis partie tout en l'étudiant en chemin.

J'étais à peine arrivée au bout de la rue que quelqu'un m'a rattrapée et a saisi le plan. Mon cœur a fait un bond. J'ai levé les yeux et mon visage s'est décomposé quand j'ai vu qu'il s'agissait de Zach.

— Ne te promène jamais dans les rues de New York le nez dans un plan de métro, a-t-il déclaré. Les gens vont tout de suite deviner que tu n'es pas d'ici et ils essaieront de profiter de toi.

Après une semaine passée à sécher les cours de gym pour goûter à la place les spécialités de ce que Zach appelait les Umbrella Cafés de Central Park, comme le mystérieux et délicieux souvlaki, je me sentais suffisamment à l'aise pour rétorquer :

— Je dois aller dans East Village. Tu sais quel métro il faut prendre ?

— East Village ? a répété Zach. O.K., allons-y.

Ce n'était pas vraiment la réponse que j'attendais, Zach étant la dernière personne qui devait savoir où j'allais. Et ça n'avait rien à voir avec le fait que j'avais toujours le béguin pour lui. De toute façon, c'était perdu d'avance. La veille, je lui avais en effet fait admettre qu'il était amoureux de Petra. La conversation, qui avait eu lieu dans la cuisine des Gardiner, après une partie de cache-cache entre Zach et Teddy, s'était déroulée de la sorte :

Moi (en rassemblant tout mon courage, une fois que Petra avait emmené Teddy se laver les mains avant de le laisser goûter les cookies qu'elle venait de préparer) : Alors, il paraît que tu en pinces pour Petra ?

Zach (tout en choisissant un cookie) : Qu'est-ce qui te fait dire ça ?

Moi : Robert. Le jour de mon arrivée, il a dit que c'était pour la voir que tu traînais aussi souvent ici.

Zach : Et c'est bien connu que Robert est une autorité dans ce domaine, étant donné qu'il est doté d'une perception aiguë des relations humaines qu'aucune substance illicite ne vient altérer.

Moi (le cœur battant la chamade) : Bref, tu es en train de dire que Robert se trompe. Et que tu n'aimes pas Petra.

Zach : Je reconnais qu'il fut un temps où je la trouvais très attirante.

Moi (sans la moindre once de jalousie vu que Petra est vraiment attirante, en plus d'être adorable et excellente cuisinière) : Sauf qu'elle a déjà un petit copain.

Zach : Je sais. Je l'ai rencontré d'ailleurs. Willem. Très sympa.

Moi : Ce qui ne t'empêche pas de traîner ici.

Zach : Pourquoi ? Ça te gêne ? Je peux partir, si tu veux.

Moi (paniquée) : Non ! Je… Je me demandais seulement pourquoi tu continuais à venir. Puisque tu sais qu'elle est prise.

Zach (en prenant un second cookie) : Ces délicieux gâteaux ne peuvent-ils pas être une excuse suffisante ?

Moi : Reconnais que tu penses encore avoir une chance auprès d'elle.

Zach : Et s'il y avait quelqu'un d'autre dans cette maison auprès de qui je pourrais avoir une chance ? As-tu pensé à ça ?

Moi (en songeant évidemment à Tory, qui ne demanderait que ça, mais en priant pour qu'il ne tombe pas dans le piège) : Non. Mais je ne vois pas qui d'autre.

Zach (amusé) : L'avenir le dira.

En réalité, ça ne me gênait pas vraiment que Zach soit amoureux de Petra. Et puis, ça nous donnait un sujet de conversation. Attention, je ne dis pas qu'on n'en avait pas. C'était même le contraire. On partage plein de choses, Zach et moi. Comme la politique, la nourriture, la musique (quoique Zach ne s'y connaisse pas vraiment en musique classique), la haine de toute forme de sport organisé, et le même désespoir depuis que Jessica Biel a quitté la série *Sept à la maison*.

Bref, quand il arrivait – très rarement – qu'il y ait un blanc dans la conversation, je parlais de Petra. Je lui disais par exemple que, s'il se mettait à l'allemand, il pourrait la surprendre en lui demandant de ses nouvelles dans sa langue maternelle. Des choses comme ça, quoi. En fait, je suis sûre qu'il appréciait que je le soutienne dans sa conquête amoureuse.

Et moi, j'appréciais de ne pas avoir à me soucier ni de mon allure ni de mes gaffes en sa présence. Peu importait que mon short de sport ne m'aille pas ou que je marche sans le savoir sur la piste réservée aux rollers. Parce qu'il n'y avait pas d'ambiguïtés entre nous. Zach et moi, on était juste amis. En sa présence, j'arrivais à oublier toutes ces choses horribles qui m'avaient fait fuir Hancock. Je n'avais plus l'estomac noué… enfin, sauf quand je me laissais aller à rêver à ce qui pourrait se passer si Petra n'existait pas et si Zach – miracle des miracles – me voyait autrement que comme une bonne copine.

Parce que, à ces moments-là, mon estomac était plus que noué. Il se retournait carrément. Zach n'avait-il pas été clair sur ses sentiments en ce qui concernait les sorcières et la sorcellerie ? Je ne pouvais pas effacer, comme ça, d'un coup, mon… eh bien, mon passé.

Et puis, il y avait Tory.

Cela dit, j'essayais de parler le moins possible de ma cousine. Je ne savais toujours pas si Zach était au courant de l'amour qu'elle lui portait ou si, la sorcellerie mise à part, il pouvait un jour y être sensible. Mais quel garçon ne serait pas sensible à une fille aussi jolie que Tory ?

En même temps, je ne me sentais pas non plus proche de lui au point d'évoquer avec légèreté la passion de Tory à son égard, et encore moins de lui confier pourquoi je devais prendre le métro.

— Tu n'es pas obligé de m'accompagner, me suis-je donc empressée de lui répondre quand j'ai vu qu'il m'emboîtait le pas. Dis-moi juste comment rejoindre la 9e Rue, entre la Seconde Avenue et la Première ?

— Tsst, tsst, a fait Zach. C'est hors de question que je te laisse y aller seule. On te surnomme La Poisse pour une raison bien particulière, non ? Qui sait quelle catastrophe tu risques de croiser en chemin.

— Mais…

— Si tu penses que je vais t'abandonner dans East Village, tu te mets le doigt dans l'œil.

Là-dessus, il m'a prise par le bras.

— N'oublie pas, a-t-il poursuivi. J'ai une dette éternelle envers toi, puisque tu m'as sauvé la vie. Par ailleurs, la station de métro, c'est par là, idiote ! a-t-il ajouté en me faisant faire demi-tour.

Il n'y a rien de romantique à se faire appeler « idiote ». Franchement. Surtout quand on sait que Zach ne pouvait décemment pas s'intéresser à une violoniste rouquine, fille de femme pasteur de surcroît quand il pouvait avoir une magnifique jeune fille au pair allemande qui suivait une formation de physiothérapeute.

Pourquoi, alors, est-ce que je me sentais ridiculement heureuse pendant tout le trajet ? Ma colère contre Tory s'était envolée, tout comme le dégoût que je m'inspirais à l'idée de ne pas tenir ma parole, comme je savais que je m'apprêtais à le faire. C'est à peine si j'ai remarqué la horde de passagers quand on est montés dans la rame de métro, ou les SDF qui faisaient la manche ou les panneaux invitant les gens à se méfier des pick-pockets, ou encore les policiers sur les quais, avec leurs chiens renifleurs… Bref, tout ce qui aurait dû m'effrayer si je n'avais pas été avec Zach.

O.K., regardons les choses en face. Zach était attiré par une autre fille, mais j'en pinçais pour lui. Et j'en pinçais pour lui depuis… qu'il m'avait confié son amour des phoques.

Le problème, c'est qu'une fois dans la 9e Rue, au croisement de la Seconde Avenue et de la Première, cela n'a plus fait l'ombre d'un doute qu'en arrivant devant la boutique où je voulais me rendre, Zach allait vraiment penser que j'étais idiote – ou alors, sacrément dérangée.

Du coup, j'ai ralenti. Je voyais déjà l'enseigne, découpée dans un croissant de lune, au-dessus d'un store noir. Chez Circé, pouvait-on lire. Qu'est-ce que j'allais lui dire quand il me demanderait – comme il ne manquerait sûrement pas de le faire – ce que je cherchais exactement dans une boutique spécialisée en… sorcellerie ?

Zach était en train de me parler d'une émission

de télé qu'il avait vue la veille sur une équipe de chirurgiens qui opéraient gratuitement des enfants dans le Tiers Monde. Zach est très branché documentaires. Il veut faire des études de cinéma et réaliser des documentaires sur la vie sauvage en Arctique. Sur les phoques, par exemple, et sur la façon dont on détruit leur habitat. Il m'a même emmenée voir les phoques du zoo de Central Park. Il les connaît tous par leur nom, et sait les distinguer les uns des autres.

J'avoue que je ne l'écoutais que d'une oreille. J'essayais de me persuader que Zach ne trouverait rien à redire au fait que j'entre chez Circé. À tous les coups, je me faisais un monde de pas grand-chose. On était amis, après tout. Les amis se fichent du genre de livres qu'on lit, non ?

Mais, tout comme je m'en doutais, il a stoppé net de parler quand je me suis arrêtée devant la boutique. Il faut dire que la présence de boules de cristal et de cartes de tarot dans la vitrine n'aidait pas. Pas plus que les deux femmes, toutes de noir vêtues, et avec les cheveux teints comme ceux de Tory, qui en sortaient tout en bavardant gaiement, un sac en papier dans les mains.

— C'est là où tu veux aller ? a-t-il demandé en haussant les sourcils.

D'un air désapprobateur, je dois dire.

— Je... je voudrais acheter quelque chose pour ma petite sœur, ai-je répondu, de l'air le plus convaincant possible.

— Pour Courtney ou pour Sarabeth ?

— Courtney.

Je n'en revenais pas qu'il se rappelle le nom de mes sœurs ! Et de mes deux sœurs, en plus ! Bon d'accord, je lui avais beaucoup parlé d'elles, mais quand même.

— C'est bientôt son anniversaire, ai-je ajouté. J'ai pensé qu'un livre pourrait lui faire plaisir. Sans compter que c'est le genre de livre qu'on ne trouve pas à Hancock.

Est-ce que mon mensonge paraissait aussi lamentable à ses oreilles qu'aux miennes ?

— Tu n'as jamais entendu parler de Barnes et Noble ? a fait Zach. C'est une chaîne de librairies, et il y en a juste une à côté de chez les Gardiner. Ce n'était pas la peine de venir jusqu'ici, tu sais.

— Que les divinités vous protègent, a dit la femme aux cheveux noirs derrière le comptoir quand on est entrés.

— Euh... vous aussi, ai-je répondu, les joues en feu, terrifiée que Zach se moque de son côté

New Age ou macrobiotique, comme il s'était amusé à le dire.

J'ai vite rejoint le fond de la boutique où se trouvait le secteur livres. Ce qui ne m'a pas empêchée de voir que les étagères croulaient sous les herbes, les bougies, les amulettes et les calendriers lunaires. Un chat noir se tenait sur l'une d'elles, battant de la queue de gauche à droite tout en m'observant. Il avait une turquoise autour du cou avec un pentacle, là où un chat normal aurait eu un collier.

J'ai tout de suite déniché le livre que je cherchais. Rien à voir avec les ouvrages en papier glacé, aux nombreuses photos et aux chapitres intitulés « Sortilèges d'amour » que Tory et ses amies auraient choisis. Non, il s'agissait d'un petit livre de poche, introuvable dans une librairie classique. Je l'ai feuilleté avant de parcourir l'index. Pendant ce temps, Zach allait et venait dans la boutique, attrapant un objet ou un autre qu'il examinait avec curiosité avant de le remettre en place. Une fois devant le chat, il s'est arrêté et l'a doucement caressé sous le menton, déclenchant chez celui-ci un ronronnement à faire trembler les murs.

Il aimait donc les chats aussi. Les jeunes filles

au pair, *Sept à la maison*, les phoques, les enfants… et les chats. Ce garçon avait vraiment toutes les qualités.

La clochette de la boutique a brusquement retenti et deux filles sont entrées. Deux filles qui portaient l'uniforme de Chapman. Deux filles que, malheureusement, je connaissais.

Mon sang n'a fait qu'un tour.

— Que les divinités vous protègent, a dit la femme derrière le comptoir.

Et Gretchen et Lindsey, car c'étaient elles, ont répondu :

— Vous aussi, ma sœur.

— Quel âge a Courtney ? a demandé Zach en surgissant tout à coup derrière moi. Douze ans ?

J'ai sursauté.

— Non, quatorze, ai-je répondu automatiquement.

J'ai refermé le livre. J'avais trouvé ce que je cherchais.

Mais comment l'acheter sans que Gretchen et Lindsey me remarquent et rapportent ensuite à Tory qu'elles m'avaient vue chez Circé, dans East Village ? Jamais Tory ne croirait que j'y étais entrée par hasard.

Si ?

— Hé ! Mais c'est La Poisse ! s'est exclamée Lindsey tandis que je me dirigeais vers la femme derrière le comptoir.

Gretchen, la plus sérieuse des deux, ne semblait pas particulièrement ravie de me voir. Elle a d'ailleurs plissé les yeux et m'a toisée avant de me demander :

— Qu'est-ce que tu fais là ?

Son regard s'est ensuite porté au-delà et, les yeux encore plus plissés, elle a ajouté :

— Avec *lui* ?

— Salut ! a lancé Zach tout en se détournant du présentoir des calendriers lunaires.

— Salut ! a répondu Lindsey.

À l'inverse de Gretchen, elle n'avait pas l'air étonné de nous trouver Zach et moi dans une librairie spécialisée dans le paranormal à l'autre bout de la ville.

— Torrance est avec vous ? Je croyais qu'elle avait rendez-vous chez le dentiste cet après-midi...

— Oui, ai-je répliqué. Enfin, non, Tory n'est pas là. On n'est venus que tous les deux... Je dois acheter un cadeau d'anniversaire. Pour ma petite sœur.

Lindsey a baissé les yeux sur le livre que je tenais et a froncé les sourcils.

— C'est super ! s'est-elle exclamée. Mais pourquoi tu lui as pris ce vieux bouquin ? Celui-là est bien mieux, a-t-elle ajouté en s'emparant de l'ouvrage en papier glacé que j'avais dédaigné. En plus, il y a plein de photos.

— Oui, mais c'est celui-là qu'elle veut. Tu sais, elle est un peu bizarre, ma sœur.

— Es-tu en train d'insinuer que les sorcières sont des gens bizarres ? a demandé Gretchen.

— Non ! Pas du tout. Juste ma sœur.

— Moi, je trouve qu'elles sont bizarres, est intervenu Zach.

Lindsey lui a donné un coup de coude.

— Fais attention à ce que tu dis. Sinon, je te jette un sort !

— Méfie-toi, Lindsey. Quelqu'un d'autre l'a peut-être déjà fait, a déclaré Gretchen.

Apparemment, elle ne pensait pas à Tory, mais plutôt à moi vu la façon dont elle m'a fixée tout en parlant.

— Je ne vois pas, ai-je fait, sur le ton le plus dégagé possible. En tout cas, j'ai trouvé ce que je cherchais. On y va, Zach ?

— O.K.

— À bientôt, ai-je dit à Lindsey et Gretchen, en déposant le livre sur le comptoir.

— On va boire un bubble tea après dans Chinatown. Ça te dit de venir, Jade ? a demandé Lindsey.

— Merci, mais je ne peux pas. J'ai promis aux parents de Tory de rentrer pour dîner.

— Tory ! a répété Lindsey en riant. Si elle savait que tu l'appelles comme ça, elle te tuerait.

— Elle a d'autres raisons de vouloir la tuer, a marmonné Gretchen, mais suffisamment fort pour que je l'entende.

Mes joues se sont aussitôt empourprées.

— Quoi ? Qu'est-ce que tu dis, Gretchen ? a questionné Lindsey.

— Moi ? Rien. Je n'ai rien dit du tout.

Zach, qui m'avait suivie, s'est penché vers moi et, tout en faisant mine d'admirer des colliers dans la vitrine à côté du comptoir, il a demandé tout bas :

— De quoi elle parle ?

— Rien, ai-je dit. C'est… des trucs de filles.

— Sympa. Je crois que je vais t'attendre dehors.

— Oui. Bonne idée.

Zach a hoché la tête et est sorti.

— Ça vous fera dix dollars, a dit la femme derrière le comptoir.

Je lui ai tendu mon billet de cinquante dollars tandis que Gretchen disait dans mon dos :

— Je suis sûre que Torrance va être très intéressée d'apprendre que tu es venue ici avec son mec.

— Quoi ? s'est exclamée Lindsey. Qu'est-ce que tu racontes, Gretchen ?

— Mais, enfin, Lindsey ! Tu ne comprends rien ? s'est emportée Gretchen en me foudroyant du regard. Tu ne vois pas qu'elle est en train d'essayer de piquer Zach à Torrance.

— Zach n'est pas le petit ami de Tory ! ai-je explosé, autant à ma grande surprise qu'à celle de Lindsey et de Gretchen, et de la libraire aussi, à en juger par le regard étonné avec lequel elle m'a dévisagée. Ce que je veux dire, ai-je repris plus doucement, c'est que Zach n'aime ni Tory ni moi. C'est de Petra qu'il est amoureux. Zach et moi, on est juste copains.

— O.K., O.K., a fait Gretchen qui, de toute évidence, n'en croyait pas un mot.

Derrière elle, Lindsey continuait de nous observer d'un air perplexe.

— Oui, on est juste copains, ai-je répété avant

de me tourner pour prendre ma monnaie tout en priant pour que Gretchen ne voie pas que mes mains tremblaient. Tu n'as qu'à lui demander, si tu veux.

— Je crois que je vais plutôt demander à Torrance. Oui, je vais lui demander.

— Très bien. Ne te gêne pas.

Sur ces paroles, j'ai pris le sac que me tendait la libraire et, alors que je me dirigeais vers la sortie...

... j'ai heurté le présentoir des bougies.

— Attention ! s'est exclamée Lindsey.

Je me suis aussitôt empressée de retenir les bougies avant qu'elles ne tombent par terre tandis que la libraire venait à mon secours.

— Laissez faire, a-t-elle dit.

— Je suis désolée. Je suis tellement maladroite.

— Ce n'est rien. Ça aurait pu arriver à n'importe qui.

Elle m'a aidée à remettre les bougies en place et a ajouté :

— Et voilà. Le mal est réparé. Attendez.

Et de la poche de sa jupe, elle a sorti un mouchoir en papier soigneusement plié en quatre. Un cliquetis s'est fait entendre au moment où elle me le tendait.

— Qu'est-ce que c'est ?

— Quelque chose dont vous allez avoir besoin bientôt, a-t-elle répondu en jetant un regard de côté à Gretchen et à Lindsey. Pour vous porter chance. Que les divinités vous protègent, ma sœur.

— Merci, ai-je marmonné, plus gênée que jamais.

J'ai fourré le mouchoir en papier et le livre dans mon sac et je me suis dépêchée de sortir.

Une fois dans la rue, je suis partie en courant.

— Hé ! a appelé Zach. Attends-moi !

J'ai ralenti l'allure et j'ai attendu Zach.

— Excuse-moi, ai-je dit en évitant de croiser son regard. J'ai tellement honte de moi.

— Et pourquoi aurais-tu honte ?

Ne le savait-il pas ? N'avait-il pas…

Non, c'est vrai. Il n'était pas dans la boutique à ce moment-là. Ouf !

— Oh, pour rien ! Mais après ton départ, j'ai failli renverser le présentoir des bougies.

— C'est tout ? Je pensais que tu faisais allusion à ce que les copines de Tory disaient, au fait qu'on sorte ensemble.

Je suis restée figée sur place. Et j'ai relevé la tête vers lui. Lentement.

Zach souriait.

— Quoi ? a-t-il fait. Tu crois que je ne sais pas que Tory a le béguin pour moi ?

J'ai failli défaillir, je vous jure que j'ai failli défaillir.

— Ne lui en parle pas, s'il te plaît. Surtout ne lui dis pas que tu sais. Et ce n'est pas un simple béguin, Zach. Elle t'aime vraiment.

— Elle m'aime vraiment ? a répété Zach. J'ai plutôt l'impression qu'elle aimerait bien qu'on soit plus qu'amis… tout en ne renonçant pas aux à-côtés.

Il a éclaté de rire.

Comment pouvait-il rire ?

— Zach, tu ne comprends pas. Tory ne plaisante pas. Elle…

Je me suis arrêtée au dernier moment. J'avais été à deux doigts de lui parler de la poupée. Je ne sais pas pourquoi je me suis tue subitement. Sauf si j'estimais que Tory méritait un peu de respect, aussi absurde soit son comportement.

— Elle… pourrait me rendre l'existence invivable si… elle pensait que… toi et moi…, ai-je dit à la place.

Zach est brusquement devenu sérieux.

— Hé ! a-t-il dit en me prenant par les épaules. Calme-toi. Je plaisantais. Je ne veux surtout pas que la vie soit plus dure pour toi qu'elle ne l'est déjà. Je sais que ce n'est pas facile d'être la fille d'un pasteur. Et que ce n'est pas évident non plus de débarquer dans une nouvelle école parce qu'un… un…

Il n'a pas prononcé le mot de *psychopathe*. C'était inutile. On savait tous les deux à quoi il songeait, même si on n'en avait plus jamais reparlé depuis que Tory avait annoncé haut et fort la raison de ma venue à New York le jour même de mon arrivée.

— Et puis, où est le problème ? a repris Zach en me lâchant. Aurais-tu oublié que je suis censé être déjà amoureux ?

Curieusement, au lieu de ressentir un pincement de jalousie, ce rappel à la réalité m'a fait plaisir. Enfin, un peu.

— C'est vrai, ai-je dit. Gretchen et Lindsey sont ridicules de penser qu'on sort ensemble alors que ton cœur appartient à quelqu'un d'autre.

— Et pas à n'importe qui, a déclaré Zach. À la fille la plus formidable du monde.

— Oui. Et si Gretchen rapporte à Tory qu'elle

nous a vus ensemble, je lui rappellerai que c'est Petra que tu aimes.

— Et je n'aurai pas d'autre choix que de confirmer, n'est-ce pas ? Puisque j'ai une dette éternelle envers toi. Tu te rappelles ?

Le cœur léger, je suis repartie, mon sac de chez Circé à la main.

C'est alors que j'ai de nouveau entendu le même cliquetis que dans la boutique. Je me suis arrêtée, j'ai sorti le petit paquet et je l'ai ouvert.

— Qu'est-ce que c'est ? a demandé Zach.

— Je ne sais. Sans doute un échantillon gratuit que la libraire m'a donné.

Mais quand j'ai vu de quoi il s'agissait, mon sang s'est figé.

— C'est quoi ? a fait Zach en se penchant sur ma main. C'est super joli ! Mais attends... on dirait un symbole satanique ! Elle sait y faire en service clientèle, ta libraire !

— Ce n'est pas un symbole satanique, ai-je déclaré, la voix tendue, en portant à la lumière du soleil un collier en argent au bout de laquelle scintillait une étoile à cinq branches. C'est un pentacle, censé offrir la protection spirituelle à celui qui le porte. Ça n'a rien à voir avec Satan.

— Je plaisantais, Jade, a dit doucement Zach.

Horrifiée de sentir que mes yeux s'emplissaient de larmes, là, au beau milieu de la rue, devant une boutique de piercing et de tatouages, j'ai remis le collier en place et j'ai serré le sac contre moi.

Pour vous porter chance, avait-elle dit. *Quelque chose dont vous allez avoir bientôt besoin*.

Comment avait-elle deviné ?

Mais surtout, qu'est-ce qu'elle savait que je ne savais pas ?

9.

— Qu'est-ce que tu fais dans ma chambre ?

La voix de Tory était chargée de venin. Elle a allumé la lumière, et s'est tenue dans l'encadrement de la porte, son blouson en cuir sur les épaules.

Tout en me réveillant doucement, j'ai soulevé la tête de l'oreiller en clignant des yeux. J'avais dû m'endormir en l'attendant, le livre que j'avais acheté dans l'après-midi ouvert sur ma poitrine, au chapitre expliquant comment annuler un sort.

— Tory, ai-je dit en me redressant. Où étais-tu passée ? Quelle heure est-il ?

— Qu'est-ce qu'on en a à faire de l'heure ? a rétorqué Tory. Dis-moi plutôt pourquoi tu es dans ma chambre ?

J'ai repoussé une mèche de cheveux et j'ai jeté un coup d'œil au réveil.

— Quoi ? Il est presque minuit. Tes parents vont être fous de rage quand…

— Ils ne sont même pas rentrés eux-mêmes.

Elle a laissé tomber son blouson par terre où tous ses habits traîneraient si Marta ne rangeait pas sa chambre.

— Alors ? Qu'est-ce que tu fais ici ? Et comment se fait-il que tu ne sois pas avec Zach ?

Elles lui avaient donc dit. Elles n'avaient pas perdu de temps.

— Tory, ai-je commencé en balançant mes jambes de l'autre côté du lit.

J'en avais eu tellement assez de l'attendre que je m'étais mise en pyjama, et mes pieds nus s'enfonçaient à présent dans la douceur de la moquette lavande qui tapissait le sol.

— Il n'y a rien entre Zach et moi, ai-je repris. On est juste amis. Tu sais aussi bien que moi qu'il est amoureux de Petra. Il faut qu'on parle. C'est important.

À peine avais-je mentionné le nom de Petra que Tory s'est enfermée dans sa salle de bains. Apparemment, la conversation ne l'intéressait plus. Pourtant, elle devait bien savoir que je disais vrai, et que ce qu'avaient pu lui raconter Gretchen et Lindsey nous concernant, Zach et moi, était faux.

Quand elle est ressortie, en soutien-gorge noir et mini-jupe, plusieurs colliers autour du cou, ses yeux se sont agrandis en découvrant enfin le livre sur le lit.

— C'est pour ça que tu es allée chez Circé ? Je le savais que ce n'était pas pour acheter un cadeau pour Courtney. Son anniversaire n'est pas avant février. Mais alors… ça veut dire que tu as changé d'avis ? a-t-elle ajouté, tout à coup empressée. Tu as réfléchi à ce que je t'ai dit et tu es prête à te joindre à nous ?

J'ai secoué la tête. Ça n'allait pas être facile, mais je n'avais pas le choix. Autant régler ça tout de suite, dans ce cas.

— Non, ai-je répondu. Je veux te parler de ça.

Et d'entre les pages du livre, j'ai extrait la photo de Petra – celle que j'avais découverte au fond de la caisse du chat –, et je l'ai tendue à Tory. Elle se trouvait dans une pochette en plastique mais on devinait facilement de qui il s'agissait.

Tory a plissé les yeux.

— Berk…, a-t-elle fait. Tu l'as TOUCHÉE ?

Ce n'est pas très propre, tu sais. J'espère que tu t'es lavé les mains.

Voyant que je ne répondais pas, elle a haussé les épaules et a poursuivi :

— Bref, tu l'as trouvée. Je me suis demandé si tu la verrais. Tu veux savoir pourquoi elle était là ?

— Je sais pourquoi elle était là, ai-je rétorqué. Ce que je veux savoir, c'est pourquoi tu as fait ça.

Tory a haussé de nouveau les épaules puis s'est assise devant sa coiffeuse où elle a commencé à se brosser les cheveux.

— Et pourquoi je devrais te donner une explication ?

— Parce que c'est grave, Tory.

J'ai traversé la chambre et je me suis tenue à côté d'elle.

— Peut-être que tu ne le sais pas, mais scotcher la photo de Petra au fond de la caisse de Mouche, ça relève de… de la magie noire. Ce n'est pas bien, Tory.

Tory a observé mon reflet dans le miroir de sa coiffeuse, puis a rejeté la tête en arrière en éclatant de rire.

— Tu t'es entendue ? De la magie noire ! Ha ! Tu me fais mourir de rire.

— Je suis sérieuse, Tory. C'est écrit, là, ai-je insisté en lui mettant le livre sous le nez. Les sortilèges malfaisants qui visent à nuire à quelqu'un sont très dangereux. Ils se retournent inévitablement contre la personne qui les a jetés, comme un boomerang. Mais trois fois plus fort.

— Eh bien, pour quelqu'un qui disait ne pas y croire..., a fait observer Tory avec son sourire félin.

— Tory, je ne plaisante pas. J'ai peur pour toi. Pourquoi voudrais-tu nuire à Petra ? Elle ne t'a rien fait. Qu'est-ce que tu as contre elle ? Tu lui en veux parce que Zach est amoureux d'elle ? C'est ça ? Ce n'est pas bien, ce que tu as fait, Tory. C'est méchant et mal. Et c'est pour ça que je dois t'annoncer que c'est terminé, maintenant.

— Pardon ?

Tory ne souriait plus à présent. Ses yeux lançaient au contraire des éclairs.

— Tes copines et toi, vous pouvez vous amuser aux sorcières autant que vous voulez. Vous pouvez vous jeter des petits sorts aux unes et aux autres, je n'en ai rien à faire. Mais pas des maléfices pour manipuler ou nuire. Surtout quand la victime n'est autre que Petra.

— Ah bon ? Et comment comptes-tu faire pour m'en empêcher ?

J'ai baissé les yeux. Je pensais que la conversation se serait déroulée autrement. Je ne sais pas pourquoi. Après tout, je connaissais suffisamment Tory pour deviner qu'elle n'aurait pas du tout apprécié.

Pourtant, quand j'avais répété cette conversation dans ma tête, Tory s'excusait et me disait qu'elle n'avait pas mesuré la portée de ses actes. Elle me remerciait ensuite de l'avoir mise en garde et on tombait dans les bras l'une de l'autre avant de descendre se préparer un chocolat chaud.

Apparemment, ça n'allait pas du tout se passer comme ça.

Quelle bonne idée d'avoir pensé à un plan B, au cas où…

J'ai poussé un soupir avant de relever la tête et croiser son regard.

— Je t'ai envoûtée, Tory, ai-je déclaré.

— Tu m'as… quoi ?

— Je t'ai envoûtée pour t'empêcher de faire le mal. Tu peux toujours jeter des sorts, mais tu ne peux plus manipuler la volonté des autres. Ça ne marchera pas. Ça ne marchera plus.

Tory a eu l'air aussi choquée que si je l'avais giflée.

— Espèce de petite hypocrite ! Quand je pense que pendant tout ce temps, tu… tu étais des nôtres !

— Je ne suis *pas* des vôtres, ai-je répliqué fermement. C'est vrai qu'à une époque, la magie m'a intéressée. Mais… ça s'est mal passé. Est-ce que tu peux le comprendre, Tory ? Ça ne s'est pas du tout passé comme je m'y attendais et quelqu'un a énormément souffert. Du coup, je me suis juré de ne plus jamais y avoir recours. À la magie, je veux dire. On ne joue pas à la légère avec ça, Tory, si on ne sait pas exactement quelles en sont les conséquences.

Tory a fait la grimace.

— Merci pour le tuyau, a-t-elle dit. Mais sache, pour ta gouverne, que je sais ce que je fais.

— Non, tu ne sais pas. La preuve, ça, ai-je rétorqué en brandissant la photo de Petra. Tu peux vraiment lui faire du mal. C'est pourquoi j'ai rompu ma promesse et je t'ai envoûtée.

Tory a porté les deux mains à son visage comme si elle avait brusquement peur.

— Oh, non ! s'est-elle exclamée. Ne fais pas

ça, s'il te plaît. Tu dois être tellement plus puissante que moi !

Puis elle les a abaissées et m'a adressé un regard plein de mépris avant d'ajouter :

— Sauf que tu sembles oublier une chose, *ma petite sorcière bien-aimée*. On est à New York, ici, pas dans l'Iowa. Et j'ai comme l'impression que mes pouvoirs sont un peu plus sophistiqués que les tiens. Je ne sais pas quelle sorte d'envoûtement tu as conjuré pour me stopper dans mes projets, mais si j'étais toi, je n'y compterais pas trop. Parce que, à New York, on ne joue pas à la légère.

— Dans l'Iowa non plus. Mes sortilèges ont toujours marché. À vrai dire, je n'y ai eu recours qu'une fois. Mais il a très bien marché. Un peu trop, même.

— Bien sûr ! Tu es une sorcière tellement puissante ! La preuve, tu habites avec tes parents miséreux une maison minuscule qui ne possède qu'une seule salle de bains. Tu n'as pas le droit d'écouter du rap ou de regarder certaines émissions à la télé. Tu as toujours été une bonne élève et une petite fille modèle aux genoux cagneux qui joue du violon. Sauf que tu as dû venir à New York pour vivre aux crochets de tes riches oncle et tante, parce qu'un garçon a eu le béguin pour toi et que ça a fait flipper tes parents !

Elle s'était levée et me toisait, les mains sur les hanches, une expression de mépris au visage.

— Oh, oui, tu es très puissante ! a-t-elle poursuivi. Si tu savais comme j'ai peur de toi. Et peur des sorts que tu as jetés. Qui n'ont PAS marché !

J'ai failli la gifler. Je ne plaisante pas. Non pas à cause de la taille de notre maison ou des genoux cagneux (en plus, je n'ai même pas les genoux cagneux), mais parce qu'elle avait traité mes parents de miséreux. Même si on ne reçoit pas de Rolex à Noël, comme les jeunes apparemment ici, ils gagnent suffisamment bien leur vie pour qu'on s'en sorte, et ne nous ont jamais habillés aux ventes de charité organisées par le temple. Bon d'accord, Courtney en a assez de récupérer mes vieux habits, mais tout le monde ne peut pas s'offrir le luxe de changer de garde-robe tous les ans.

Bref, je ne l'ai pas fait. La gifler, je veux dire. Premièrement, je n'avais jamais giflé qui que ce soit de ma vie, et je n'allais certainement pas commencer par Tory, même si j'en avais plus qu'envie.

Mais je voulais la blesser. Lui faire vraiment mal.

Ce qui était affreux de ma part, car je sentais bien qu'elle souffrait déjà. Et que sa souffrance venait d'une blessure intérieure. Pourquoi était-elle si peu sûre d'elle, je n'en avais aucune idée, mais j'étais certaine que c'est à cause de son mal-être qu'elle s'en était prise à moi, et qu'elle s'en prenait ou essayait de s'en prendre à Petra.

Cette histoire de sorcière – cette histoire qu'elle avait entendue au sujet de notre ancêtre Branwen – lui avait monté à la tête. Elle s'y accrochait, comme on peut s'accrocher à un radeau, parce qu'elle craignait de n'avoir rien d'autre à quoi se retenir. Tory ne s'aimait pas suffisamment pour… pour *être* elle-même, tout simplement.

Le problème, c'est que je connaissais ce sentiment.

Et je savais aussi – je ne le savais que trop bien – où il pouvait mener.

En revanche, je ne comprenais pas pourquoi elle en était arrivée là.

— Que s'est-il passé, Tory ? ai-je demandé. Tu n'étais pas comme ça il y a cinq ans. Que s'est-il passé pour que tu deviennes tellement… mauvaise ?

Tory a plissé les yeux.

— Il y a cinq ans ? Tu veux dire quand personne ne m'aimait parce que j'étais grosse et tellement bête que je me laissais marcher sur les pieds par toutes les autres filles, et que les garçons s'intéressaient à moi uniquement parce que je les aidais à faire leurs devoirs ? Je vais te dire ce qui s'est passé, La Poisse. Grand-mère m'a parlé de Branwen, et j'ai compris que le sang d'une sorcière coulait dans mes veines. J'ai compris que je possédais un pouvoir, un immense pouvoir qui me permettrait de faire ce que je voulais des gens, même les briser s'ils refusaient de se plier à ma volonté. Je n'avais qu'à décider de ma vie. De mon destin.

— Ah bon ? ai-je fait sur un ton sarcastique. Et est-ce cela que tu fais avec Shawn quand vous vous enfermez tous les deux dans la chaufferie du lycée ? Vous décidez de vos destins ?

Tory m'a regardée froidement.

— Mon dieu, a-t-elle fait. Comme tu es naïve. J'aurais dû me douter que tu ne comprendrais pas.

J'ai baissé les bras à ce moment-là. Il était inutile de continuer. J'ai ramassé mon livre et la photo de Petra, et je me suis dirigée vers la porte.

Avant de sortir, j'ai hésité toutefois. Je n'avais peut-être pas tout tenté.

— Au sujet de Zach…

— Quoi, au sujet de Zach ? a lâché Tory.

Je sais que j'aurais dû renoncer. Ça ne valait pas la peine de continuer. Ça ne changerait rien.

Mais je n'avais toujours pas digéré ce qu'elle avait dit sur mes parents.

— Ne plante plus d'aiguilles dans la tête de cette poupée, ai-je dit.

— Et si je continue ?

— Tu perdrais ton temps.

— Ah bon ?

La voix de Tory n'était plus méprisante. Non, elle était haineuse.

— On verra, tu veux bien ? a-t-elle déclaré. On verra si j'ai perdu mon temps quand Zach sera avec moi, et non pas avec Petra et certainement pas avec *toi*. Parce que tu sais quoi ? Tu auras beau passer toutes ces heures avec lui à parler de série débile à la télé ou de je ne sais quoi encore, il finira par m'appartenir. Je lui ai jeté un sort. C'est *moi* qui ai hérité du don, Jade. Tu as peut-être les cheveux roux de notre ancêtre, mais moi, j'ai la magie. Je viens de le comprendre. Branwen parlait de la petite-fille de Grand-mère, pas *des* petites-filles. Et cette petite-fille, c'est moi. Parce que je n'ai pas peur d'utiliser ce don.

Contrairement à toi. Qu'est-ce que tu dis de ça, hein ?

J'ai pensé à la libraire derrière le comptoir, à sa voix chaleureuse et à sa gentillesse quand elle avait insisté pour que je prenne le pentacle. Je le portais sur moi. Elle n'avait tellement rien à voir avec le genre de sorcière que Tory pensait être. Ou voulait être.

— Si j'étais toi, je ne me vanterais pas trop des pouvoirs que tu crois avoir hérités de notre arrière-arrière-arrière-grand-mère, Tory, ai-je dit.

— Et pourquoi ?

— Grand-mère ne t'a-t-elle pas raconté comment elle était morte ?

Tory a secoué la tête, l'air perplexe.

— Elle a été condamnée au bûcher. Pour avoir pratiqué la sorcellerie.

Et sur ces dernières paroles, j'ai refermé la porte derrière moi.

10.

— Je n'arrive pas à y croire ! s'est exclamée Petra en déposant un pancake dans mon assiette. Dans une semaine, il sera là ! Oh, c'est trop beau pour être vrai !

Tout en évitant de croiser le regard sombre de Tory, j'ai attrapé le flacon de sirop d'érable et j'ai dit :

— C'est génial, Petra. J'ai hâte de le rencontrer.

— Willem est super cool, a déclaré Teddy, la bouche pleine. Il reste combien de temps, Petra ?

Petra s'est tournée vers le petit garçon. Depuis qu'elle avait raccroché le téléphone, on aurait dit que ses yeux dansaient tellement elle était heureuse.

— Dix jours. Dix jours, aux frais de la princesse ! Vous savez combien ça coûte un billet pour New York ?

— Peut-être que je devrais écouter la radio, a fait Alice d'un air songeur. Comme ça, je pourrais gagner un vélo. Parce que j'ai vraiment besoin d'un nouveau vélo.

Bien que toute à sa joie, Petra, qui était toujours Petra, a dit d'une voix légèrement fâchée :

— Alice, tu as eu un très joli vélo à Noël.

— Oui, mais c'est un vélo de bébé. Je suis grande maintenant, et je veux le même vélo que Teddy. Ce serait bien si j'en gagnais un en écoutant la radio, comme Willem avec son voyage pour New York.

Tory a observé sa petite sœur par-dessus sa tasse de café.

— Tu n'as qu'à en demander un à papa au lieu de faire chier, a-t-elle dit. Et il te l'achètera, ton vélo !

Petra a foudroyé Tory du regard, tandis que Teddy et Alice pouffaient parce que leur grande sœur avait dit un gros mot.

Il était temps de changer de sujet.

— Si tu veux prendre une journée pour la passer avec Willem, demande-moi, Petra. Je me ferai une joie de garder les enfants, ai-je proposé en contemplant mes petits cousins d'un air faussement sévère.

Un grand sourire a illuminé le visage de Petra.

— Merci, Jade. C'est adorable. Ta proposition n'est pas tombée dans l'oreille d'une sourde.

Tory n'a évidemment pas pu s'empêcher de pousser un soupir d'agacement. *Lèche-bottes*, pensait-elle à tous les coups.

Mais je l'ai ignorée.

En revanche, *elle* ne m'a pas ignorée dès qu'on est sorties de la maison pour aller au lycée.

— Tu te trompes, La Poisse, si tu crois que Willem a gagné un voyage parce que tu as retiré la photo de Petra de la caisse de Mouche. Ou parce que tu m'as jeté un sort.

J'ai tenté de rester de marbre et j'ai répondu :

— L'idée ne m'a jamais traversé l'esprit.

— Sache que moi aussi, je t'ai envoûtée, a continué Tory. Et pas plus tard qu'hier soir. On verra bien si tes petits tours de magie parviennent à contrer mon pouvoir.

— Oui, on verra, ai-je répliqué en me demandant comment on en était arrivées là, à nous disputer pour savoir laquelle des deux était la sorcière la plus puissante.

Mais je me sentais aussi un peu coupable.

Après tout, Tory avait des raisons de m'en vouloir. C'est vrai qu'à ses yeux, je n'étais qu'une hypocrite qui avait fait semblant, le premier soir, de ne pas comprendre de quoi elle parlait. Alors que *je* savais, évidemment. Grand-mère m'avait raconté la même histoire : que notre génération verrait la naissance d'une grande sorcière. Elle adorait la raconter. Elle ne pensait pas à mal.

Sauf qu'à l'époque, cette histoire m'avait terriblement impressionnée, tout comme elle avait impressionné Tory. Et comme Tory, ça n'avait pas fait l'ombre d'un doute pour moi que *j'étais* la sorcière de ma génération.

Tout portait à y croire, non ? J'avais les cheveux roux et, à ma naissance, toutes les lumières s'étaient éteintes. Bref, ça ne pouvait être que moi, la sorcière. Celle qui avait hérité du don.

Pour tous les autres membres de la famille, cependant, c'était juste une histoire que Grand-mère racontait pour qu'on s'intéresse à notre arbre généalogique. Elle-même n'y croyait pas. Elle riait tout le temps quand elle la racontait, comme si elle ne connaissait rien de plus drôle.

Mais elle n'avait pas ri quand, lors de sa dernière visite à Hancock, je lui avais confié que j'avais découvert ce qui était arrivé à Branwen.

Grand-mère avait en effet omis de nous dire que Branwen était la dernière femme du pays de Galles, son pays d'origine, à avoir été condamnée au bûcher – un fait facilement vérifiable sur Internet.

J'avais cherché son nom un jour où je m'ennuyais dans la salle d'informatique du lycée. Je me souviens, mon sang n'avait fait qu'un tour quand son nom était apparu sur l'écran. Parce que, d'un seul coup, ce n'était plus une histoire. C'était vrai. Je descendais vraiment d'une sorcière.

Grand-mère s'était montrée d'une grande sagesse.

— Je suis sûre que Branwen était une bonne sorcière, avait-elle déclaré après m'avoir écoutée. Elle avait des pouvoirs de guérisseuse, tu sais. En fait, elle devait probablement mieux soigner les gens que l'alchimiste de la ville, et il est devenu jaloux et l'a accusée de sorcellerie. Ça se passait comme ça, à l'époque. Tout était affaire de politique.

Grand-mère venait de finir *Da Vinci Code*.

Politique ou pas, une de mes ancêtres avait été brûlée – brûlée ! – pour sorcellerie. C'est clair qu'on ne plaisantait pas avec ça.

Et je m'en étais douloureusement rendu

compte quand j'avais jeté mon premier sort et assisté à ses tragiques conséquences.

Ce qui explique pourquoi je devais empêcher Tory de poursuivre, qu'elle ait ou non hérité du « don » de Branwen.

Aussi, pendant que Petra mettait Teddy et Alice au lit, j'étais descendue dans son appartement, au sous-sol, et j'avais caché une pièce d'un penny dans chaque coin de sa chambre, face en l'air. Puis, j'avais saupoudré un peu de sel sur le seuil de chaque pièce de son appartement.

Et enfin, j'avais écrit le nom de Tory sur une feuille de papier que j'avais glissée sous le bac à glaçons du réfrigérateur. À tous les coups, Petra ne comprendrait pas ce qu'elle faisait là si elle la découvrait, mais au moins, sa sécurité était assurée…

Le problème, à présent, était de convaincre Tory qu'elle faisait fausse route. En fait, c'était à cause de Grand-mère, qui lui avait mis dans la tête – et dans la mienne – toutes ces idées sur notre destinée. Si je n'avais pas su que je descendais d'une sorcière, jamais je n'aurais lu ce livre sur la magie que j'avais trouvé à la bibliothèque de Hancock, et que j'avais utilisé pour jeter mon premier sort, changeant irrémédiablement le cours de ma vie…

… et, malheureusement, celui d'une autre personne.

En même temps, si je n'avais pas jeté ce sort, je ne serais jamais venue à New York.

Et je n'aurais jamais rencontré Zach.

Finalement, malgré l'éloignement, l'absence de ma famille, de mes amies, et la difficulté de m'intégrer dans une nouvelle école, je ne regrettais pas d'être partie puisque cela m'avait permis de faire sa connaissance.

Bon, d'accord, Zach était amoureux d'une autre fille, mais on était amis, sans que la magie y soit pour quelque chose.

Et ça, c'était super important pour moi.

Cela dit, quand je réfléchissais à tout ce qui s'était passé entre nous, je n'avais pas trop de mal à comprendre pourquoi Tory me battait froid. Ce qui m'étonnait, en fait, c'est pourquoi elle avait attendu tout ce temps. La seule explication rationnelle était que Tory aimait bien avoir quelqu'un à sa merci qu'elle pouvait torturer. Et comme j'essayais de ne pas relever ses remarques assassines, ça ne m'avait pas trop gênée d'être cette personne.

Mais quand je me suis approchée de sa table, au réfectoire, quelques heures à peine après que Petra nous avait annoncé la venue de Willem, et que j'ai posé mon plateau, elle a levé les yeux et a lâché :

— Tu rêves ou quoi ?

Le message était clair. Même pour une fille de la campagne.

J'ai repris mon plateau et je suis allée m'asseoir à la table où déjeunaient régulièrement les musiciens de l'orchestre. Sauf qu'ils n'étaient pas encore là. Pourvu qu'ils ne s'offusquent pas de ma présence quand ils arriveraient !

Histoire de ne pas donner l'impression d'être abandonnée de tous, j'ai sorti mon livre d'histoire et je l'ai feuilleté tout en commençant à manger.

Je venais à peine de me lancer dans la lecture d'un texte sur Alexandre Hamilton, l'un des pères fondateurs les plus influents des États-Unis, qu'un plateau a atterri sur la table à côté du mien. J'ai relevé la tête : Chanelle se glissait sur la chaise en face de moi.

— Incroyable ! Ta cousine est vraiment une garce ! s'est-elle exclamée tout en décapsulant sa bouteille de Coca light.

J'ai froncé les sourcils, mais je n'ai pas eu le

temps de demander pourquoi, car Chanelle a aussitôt repris :

— Je n'en peux plus, moi, de ses soirées. Un peu, ça va, mais pas *tous les soirs* ! En plus, j'ai besoin de mes huit heures de sommeil si je ne veux pas avoir une tête de déterrée.

Elle a approché son visage du mien et a ajouté :

— Regarde mes poches ! On ne voit qu'elles ! J'ai des *poches* sous les yeux et je n'ai que seize ans ! Mais il n'y a pas que ça, a-t-elle poursuivi en grignotant une carotte. Il y a ses nouvelles amies, aussi, ces soi-disant sorcières, Gretchen et Lindsey. Tu me connais, je ne suis pas une fille particulièrement fermée à la nouveauté. La preuve, je suis même allée à l'une de leurs réunions. Eh bien, je peux te dire que c'est n'importe quoi. Elles sont toutes habillées en noir et font une espèce de ronde en invoquant l'esprit de je ne sais qui. Tu y comprends quelque chose, toi ?

J'ai bu une gorgée de mon soda et j'ai répondu :

— C'est sans doute une phase. Elle finira bien par se lasser.

— Ça m'étonnerait, a-t-elle affirmé tout en déchirant le papier de son gâteau au chocolat.

Chanelle a une théorie en ce qui concerne l'alimentation, du moins *son* alimentation : si elle ne boit que des boissons sans sucre et ne mange que des carottes, elle a le droit de prendre un dessert.

— Depuis qu'elle a entendu parler de son arrière-arrière-arrière-grand-mère, elle n'est plus la même. À se demander si elle ne s'est pas transformée en Paris Hilton, mais sans le délire sur le shopping et le chihuahua. Du jour au lendemain, elle s'est mise à sortir la nuit, à se peindre les ongles en noir et à maudire les gens. Elle pense vraiment qu'elle est une sorcière, tu sais. Au début, je n'y voyais pas d'inconvénient. Personnellement, je respecte les choix de chacun, mais ensuite elle a commencé à jeter des sorts. D'abord aux profs, et ensuite aux garçons et aux filles qui sont en dernière année et qui se la jouent, tu vois ce que je veux dire ? Et maintenant, c'est *moi*. Tout ça parce que je refuse de l'aider à ramasser des champignons sous le clair de lune. Je suis prête à accepter beaucoup de choses, mais là, elle va trop loin !

— Ramasser *quoi* au clair de lune ? ai-je répété.

— Je ne connais pas leur nom précisément, mais c'est des champignons qui poussent uniquement sur des pierres tombales. Elle voulait que je l'accompagne ce soir dans un cimetière du côté de Wall Street ! Tu penses bien que je l'ai envoyée balader. C'est hors de question que je traîne dans un cimetière en pleine nuit. En plus, Robert et moi, on avait prévu de faire quelque chose. Après tout, il faut bien qu'on se voie tous les deux. C'est mon petit copain, même s'il craint parfois. Heureusement, il est adorable quand il n'est pas défoncé. Tu ne peux pas imaginer ce que je donnerais pour qu'il arrête de fréquenter Shawn. Je ne sais pas ce que Torrance lui trouve. Franchement. Ce type n'amène que des ennuis. Mais il est populaire. Du coup, Torrance le retrouve tous les jours dans la chaufferie…

Elle a secoué la tête avant de poursuivre :

— Bref, tu sais ce qu'elle m'a dit ? Elle m'a dit qu'elle n'avait pas besoin de moi, que ses VRAIES amies l'aideraient. Évidemment, elle parlait de Gretchen et de Lindsey. Du coup, je lui ai répondu : « Eh bien, puisque tes VRAIES amies sont si formidables que ça, tu n'as qu'à manger avec elles ! » Et elle a fait : « Très bien. Au moins, mes VRAIES amies parlent d'autre chose que de shopping. » Je lui ai alors…

Des champignons qui poussaient uniquement sur des pierres tombales ?

Qu'est-ce que préparait Tory ?

— Écoute, Jade. Je t'aime bien. Tu es un peu bizarre, avec ton violon et tout ça, mais tu ne rabaisses pas les gens et tu n'as pas l'air d'être branchée sorcellerie, shopping ou je ne sais quoi encore comme toutes les personnes qui fréquentent ce lycée, a déclaré Chanelle. Bref, j'ai une proposition à te faire : est-ce que tu veux être ma nouvelle meilleure amie ?

J'ai failli m'étrangler. C'était tellement typique de Chanelle d'être aussi directe ! *Est-ce que tu veux être ma nouvelle meilleure amie* ? Comment pouvait-on répondre non à une demande pareille ?

De toute façon, la question ne se posait pas puisque j'appréciais Chanelle.

Et j'étais sûre que Stacy, à qui j'avais envoyé un mail la veille, comprendrait.

— Bien sûr, ai-je dit. Mais il vaudrait peut-être mieux attendre que vous vous soyez réconciliées, Tory et toi. Je sais que Tory t'adore, Chanelle. Ce n'est pas facile pour elle, en ce moment. On devrait peut-être d'ailleurs lui dire qu'elle peut compter sur nous quand elle décidera de se calmer et… de revenir sur terre.

— Je ne sais pas. J'en ai un peu assez de recevoir tout le temps des ordres, a dit Chanelle avant de changer brusquement de sujet et de me demander : Hé, tu veux venir chez moi, après les cours ? J'ai décidé d'essayer une nouvelle coiffure pour le prochain bal du lycée. Robert m'accompagne. On pourrait s'amuser à changer de look ! Oh, j'adorerais te coiffer. Est-ce que tu as déjà pensé à te faire un chignon ?

— Euh… non, ai-je fait. Mais, oui, pourquoi pas ?

Personne ne m'avait jamais invitée pour faire des essais de coiffure.

— Excellent ! s'est exclamée Chanelle. (Puis elle a baissé la voix, et a ajouté, sombrement :) Au fait, il vaut mieux que je te prévienne. Il n'y a pas qu'à moi que Tory a jeté un sort. Elle m'a dit qu'elle t'en avait jeté un, à toi aussi.

J'ai pris une feuille de salade.

— Ah bon ? ai-je dit, d'une voix que j'espérais dénuée de toute émotion.

— Oui. Ça la rend vraiment dingue que Zach et toi, vous soyez tout le temps fourrés ensemble. Tu es sûre que ce n'est pas ton petit copain ? a-t-elle demandé, une lueur de malice au fond des yeux.

Je n'ai pas pu m'empêcher de sourire. Dès qu'on mentionnait le nom de Zach, je ne pouvais pas me retenir. Mon cas était vraiment désespéré.

— Non, Chanelle. On est juste amis.

— Eh bien, vous en passez du temps ensemble, pour des amis. Camille m'a dit que vous séchiez le sport tous les jours.

— Zach est amoureux de la jeune fille au pair des Gardiner, me suis-je empressée de rappeler à Chanelle.

— Peut-être, mais ce n'est pas ce qu'a l'air de penser Tory. Elle est persuadée que tu cherches à lui piquer Zach. Elle dit qu'elle t'a jeté un sort si terrible que tu vas regretter d'avoir quitté l'Idaho.

— L'Iowa, ai-je corrigé.

— Si tu veux, a fait Chanelle en frissonnant brusquement, bien qu'on soit assises au soleil, derrière la baie vitrée de la cafétéria. Personnellement, je ne crois pas à ces histoires de sorcières, mais je ne te cache pas que la façon dont Tory l'a dit, ça m'a un peu fichu la trouille. Je ferais attention, à ta place. Après tout, vous vivez sous le même toit, ce qui n'est pas mon cas.

— Merci de me prévenir, mais je crois que je peux gérer la situation, ai-je répondu. Et tu veux que je te dise ? À mon avis, les sorts qu'a jetés Tory ne seront d'aucune efficacité, ai-je ajouté tout en observant Tory qui sortait du réfectoire en nous lançant un regard mauvais, à Chanelle et à moi. Tu peux me faire confiance.

11.

Apparemment, c'est comme ça, et ce jour-là du moins, qu'ont pris fin les sorts jetés par Tory.

À mon retour de chez Chanelle, Petra semblait encore plus excitée que le matin même.

— J'ai eu la meilleure note de la classe en nutrition ! a-t-elle annoncé quand je l'ai rejointe dans la cuisine.

— Félicitations !

— Je n'ai eu que des bonnes nouvelles aujourd'hui ! C'est incroyable !

— Oui, c'est incroyable, ai-je renchéri.

— Au fait, Jade. Il faut que tu rappelles Zach. Il a téléphoné tout à l'heure.

Sans prendre la peine d'aller dans ma chambre pour passer mon coup de fil – à vrai dire, je n'y ai même pas pensé –, j'ai décroché le téléphone mural et j'ai composé le numéro de Zach. Que voulait-il me dire ? On avait déjà passé un bout de l'après-midi ensemble, à nourrir les canards dans Central Park pendant que nos camarades faisaient une partie de softball. Zach avait réagi avec beaucoup de maturité, selon moi, quand je lui avais annoncé l'arrivée imminente de Willem.

— Ah, super ! C'est toi ! a-t-il dit quand il a décroché.

Comme chaque fois que j'entendais sa voix grave, de doux frissons de plaisir me parcouraient le dos.

— Que se passe-t-il ?

— Tu sais que mon père a souvent des invitations par son travail.

— Oui.

— Eh bien, quelqu'un lui a offert deux places pour aller écouter un violoniste à Carnegie Hall. Il ne peut pas y aller, et comme je sais que tu aimes le violon, j'ai pensé que ça te ferait plaisir d'aller écouter… comment s'appelle-t-il déjà ? Ah, oui, Nigel Kennedy !

J'ai retenu ma respiration. Nigel Kennedy ? Je n'en revenais pas !

À l'autre bout du fil, Zach gloussait.

— C'est bien ce que je pensais, a-t-il dit. Il

paraît qu'il est excellent. Bref, ça t'intéresse ? Je me demandais si je n'allais pas t'accompagner. En ami, bien sûr. À moins que tu ne préfères inviter quelqu'un de l'orchestre.

— Oh, non, Zach ! C'est formidable ! Mais tu es sûr que tu ne vas pas t'ennuyer ?

— Ça devrait aller. Et puis, tu pourras toujours me secouer si je m'endors.

Ma bonne humeur s'est brusquement envolée en voyant Tory entrer dans la cuisine et jeter un regard noir.

Est-ce qu'elle m'avait entendue ?

— On pourrait manger avant le concert, a continué Zach. Toujours en amis, évidemment. Comme ça, tu pourras me donner de nouveaux tuyaux pour conquérir le cœur de Petra.

— Ha ! ai-je fait.

Elle m'avait entendue, c'est clair. Son regard, qui s'était fait encore plus menaçant, était suffisamment explicite.

— O.K. Bonne idée, ai-je répondu à Zach.

— Cool. On se voit demain au bahut, alors. Salut !

— Salut !

— Alors, comme ça, tu sors avec Zach ce soir ? a demandé Tory, à peine avais-je raccroché.

— Non, samedi soir. Et ce n'est pas un rendez-vous galant, rassure-toi. Son père a eu des places pour aller écouter un violoniste à Carnegie Hall, et Zach m'a proposé de l'accompagner.

— Je ne savais pas que Zach s'intéressait à la musique classique.

— Eh bien..., ai-je commencé.

J'ai jeté un coup d'œil à Petra. Elle coupait des légumes. Hormis le fait que ses épaules paraissaient tendues, elle ne donnait pas l'impression de prêter attention à notre conversation.

— Je ne sais pas, ai-je repris. Peut-être cherche-t-il à accroître ses connaissances en matière de musique ?

— Comme c'est mignon ! a lâché Tory sur un ton qui laissait entendre qu'elle n'y croyait pas un seul instant. Qu'est-ce qui est arrivé à tes cheveux ?

J'ai instinctivement porté la main à ma tête. J'avais complètement oublié le chignon que Chanelle s'était amusée à me faire.

— Oh ! ai-je fait. C'est Chanelle. On a fait des essais de coiffure chez elle après les cours.

— Je vois, a déclaré Tory. D'abord, tu me piques mon petit ami, et ensuite ma meilleure amie. C'est comme ça que vous vous comportez en Iowa ? Parce que je peux te dire que ce ne sont pas du tout nos manières, ici.

Tout en m'efforçant de rester calme, j'ai répondu :

— Tory, tu sais parfaitement qu'il n'y a rien entre Zach et moi. On est juste copains. Par ailleurs, il n'a jamais été ton petit ami. Tu as déjà un petit ami. Shawn. Tu te souviens ?

Comme je ne voulais pas parler de ce que Tory appelait « les à-côtés » en présence de Petra, j'ai ajouté :

— Quant à Chanelle, elle dit que depuis que tu traînes avec Gretchen et Lindsey, tu n'en as plus rien à faire d'elle. Reconnais que tu ne la vois pas beaucoup ces temps-ci. Pourquoi je ne la verrais pas alors, moi ?

— Tu vois qui tu veux, je m'en fiche, a rétorqué Tory. Ce que je ne comprends pas, c'est pourquoi tu passes autant de temps avec un garçon qui, dis-tu, ne s'intéresse pas à toi. Apparemment, ça ne te suffit pas de sécher le sport pour le retrouver. Il faut maintenant que tu ailles au *concert* avec lui.

J'ai regardé Petra. Elle continuait de couper les légumes.

— Écoute, Tory. Si ça t'embête autant, je vais

l'appeler pour lui dire que finalement je ne peux pas sortir samedi soir.

Quelle autre solution j'avais ?

Mais Tory n'a pas semblé apprécier cette idée non plus.

— Oh, non ! a-t-elle dit. Ne te prive pas pour *moi*. Je me fiche de savoir comment tu perds ton temps. C'est ton problème. Va écouter ton concert avec Zach Rosen ! Pour ce que j'en ai à faire ! Vous pouvez même aller vous balader après dans Central Park, vu que vous semblez tellement aimer faire ça ! Ce n'est pas une bonne idée ? Et il n'y a rien de mal à ça, n'est-ce pas ? Parce que Cousine Jade de l'Iowa ne fait jamais rien de mal. Sauf sécher les cours de gym.

J'ai jeté un nouveau coup d'œil à Petra. Bien qu'elle continue de faire mine de ne pas nous entendre, j'ai vu qu'elle observait Tory, le visage impénétrable.

— Je me demande comment le prof réagirait s'il l'apprenait, a poursuivi Tory d'un air songeur. Tu sais qu'il ne supporte pas les élèves qui sèchent ses cours...

— Est-ce une menace ? ai-je dit d'une voix tremblante.

Tory a éclaté de rire. Elle s'était changée en

rentrant du lycée et portait une autre de ses mini-robes noires. En cuir, apparemment, celle-là.

— Non, a-t-elle répondu. La menace est la suivante : est-ce que Zach serait toujours ton ami s'il découvrait que le livre que tu as acheté chez Circé n'est pas pour ta sœur, mais pour toi…

— Torrance, est intervenue Petra.

Tory, qui s'était approchée de moi tout en parlant, a brusquement virevolté.

— Quoi ? a-t-elle pratiquement hurlé.

— Ta mère m'a appelée du bureau aujourd'hui. La conseillère pédagogique lui a téléphoné à ton sujet, et ta mère m'a priée de veiller à ce que tu dînes à la maison ce soir. Ton père et elle veulent avoir une discussion avec toi. Je suppose que tu sais de quoi il s'agit. Je te demanderai donc de ne pas sortir. O.K. ?

Tory est restée silencieuse et m'a adressé un regard chargé de haine. Un regard qui disait : *C'est toi qui as cafté, hein ?*

J'ai secoué la tête. Je n'y étais pour rien ! Tory s'était mise dans le pétrin toute seule.

Mais il était trop tard. Beaucoup trop tard.

Tory a lâché un éclat de rire dénué de tout humour et a déclaré :

— Tu l'auras voulu, La Poisse. C'est la guerre entre nous.

Puis elle m'a tourné le dos et est sortie de la cuisine. Quelques secondes tard, on a entendu la porte de sa chambre claquer. Suffisamment fort pour faire trembler les vitres de la maison.

— Écoute-moi bien, maintenant, Jade, a dit Petra, une fois le silence revenu. Tu vas aller à ce concert avec Zach. O.K. ?

— Non, Petra. Je n'irai pas. Pas si ça la met dans cet état. Mais ne t'inquiète pas pour moi. Ça va aller.

À quoi bon ? Dès qu'elle en aurait l'occasion, Tory raconterait à Zach que je m'étais amusée moi aussi à jeter des sorts… du moins, lui raconterait-elle ce qu'elle savait. Heureusement, elle ne savait pas tout. Zach découvrirait alors que je suis monstrueuse – plus monstrueuse qu'elle, même – et ce serait fini entre nous.

— Non, ça ne va pas, a répondu Petra en haussant la voix.

C'était la première fois que je l'entendais parler ainsi, du moins en ma présence.

Je l'ai regardée, surprise.

— Il y a quelque chose qui cloche dans cette maison. J'ai compris ce que c'était et je vais te le dire : c'est *elle*, a-t-elle déclaré en pointant la lame de son couteau dans la direction que venait de prendre Tory. Elle n'a pas le droit de te dire que tu ne dois pas fréquenter Zach. Il ne lui appartient pas. Il ne lui a jamais fait de promesse. Alors, tu vas aller à ce concert avec lui.

— Non, Petra, ai-je insisté. Je ne veux pas qu'elle soit en colère.

— Elle est déjà en colère. Laisse-moi gérer sa colère. J'ai l'habitude, a fait remarquer Petra en me tournant le dos pour se consacrer de nouveau à ses carottes.

Je n'ai pas pu m'empêcher de sourire. Pauvre Petra, elle ne savait pas de quoi elle parlait.

— Et qu'est-ce qu'elle voulait dire, au fait, quand elle a parlé de guerre ? a-t-elle demandé.

— Rien, ai-je répondu tout en portant la main au pentacle.

Tout laissait croire que j'allais avoir besoin de lui.

Et j'en allais avoir besoin pas plus tard que le lendemain.

12.

Je l'ai compris quand je me suis approchée de mon casier. Les cours n'avaient pas encore commencé. Je me suis arrêtée brusquement, au beau milieu du couloir, provoquant un embouteillage qui m'a valu plus d'un regard agacé de la part de mes camarades.

Je n'avais pas vu Tory au petit déjeuner. Le visage tendu de ma tante m'avait suffi à deviner que la discussion qu'oncle Ted et elle avaient eue la veille avec Tory ne s'était pas bien passée, et qu'il valait mieux que je parte au lycée sans l'attendre.

Zach, qui se tenait à côté de moi, a froncé les sourcils et m'a demandé ce que j'avais.

— Regarde, ai-je répondu.

Et je lui ai montré.

Les couloirs du lycée sont généralement noirs de monde. Grâce aux excellents résultats de Chapman – la majorité des élèves intègrent les meilleures universités du pays une fois leur diplôme de fin d'études secondaires en poche –, les classes sont surchargées, et les couloirs, en conséquence, toujours bondés.

Mais ce matin, ils semblaient encore plus remplis que d'habitude.

Ce n'est qu'au bout de quelques minutes que je me suis rendu compte que la foule n'était pas composée uniquement des élèves qui attendaient d'entrer en cours, mais de profs aussi et du personnel de l'administration. Ils étaient tous rassemblés là et fixaient la même chose : mon casier.

La peur au ventre, je me suis frayé un passage entre plusieurs joueurs de lacrosse, jusqu'à n'être qu'à quelques mètres de mon casier. Là, je me suis arrêtée net. Pendu à un lacet, il y avait un rat mort, décapité. Un liquide quelconque – mais pas du sang – dégoulinait de la cavité où normalement était sa tête, et formait une flaque rouge sur le sol.

Zach a joué des coudes à son tour pour me rejoindre. Une fois derrière moi, j'ai senti son souffle dans ma nuque tandis qu'il murmurait :

— Mon dieu…

Un employé chargé de l'entretien détachait soigneusement le rat, un sac en plastique ouvert pour recevoir son corps au cas où il tomberait. Ce qu'il a fait, avec un bruit sourd. Un cri de dégoût est monté d'un groupe d'élèves.

— C'est votre casier, mademoiselle ? a demandé la secrétaire, d'un air pincé.

— Oui, ai-je répondu, incapable de détacher les yeux de la flaque de sang.

— Avez-vous une idée de qui a fait ça ?

J'ai relevé la tête mais, au lieu de me tourner vers la secrétaire, j'ai parcouru la foule du regard, à la recherche d'une personne en particulier. J'ai fini par repérer Tory, entre deux joueurs de lacrosse, un sourire triomphant au visage.

Je me suis détournée et j'ai répondu :

— Non, madame. Je ne vois pas du tout.

J'ai passé le restant de la journée dans un état d'hébétude. À quoi pensait Tory ? Voler un rat dans le laboratoire de SVT – car, après enquête, c'est de là qu'il venait, et le liquide qui s'écoulait de lui était du formaldéhyde –, lui couper la tête et le suspendre par les pattes au casier de quelqu'un, ce n'était pas de la magie. Blanche ou noire, d'ailleurs. Était-ce là sa façon de me punir de l'empêcher de pratiquer sa sorcellerie ? En me montrant qu'elle pouvait être puissante sans avoir recours à la magie ?

Elle avait visé juste, on peut le dire. Car j'avais bel et bien peur, non pas du rat, mais de ce qu'il représentait. Si quelqu'un pouvait faire ça à un rat – même à un rat mort –, qui sait ce que cette personne pouvait faire à un chat… ou à une jeune fille au pair innocente ?

Jamais mes contre-envoûtements – placer des pièces aux quatre coins de la chambre de Petra, ou écrire le nom de Tory sur une feuille de papier placée ensuite dans le réfrigérateur – ne protégeraient qui que ce soit des dangereux rituels auxquels s'adonnaient ma cousine et ses amies.

Parce qu'il s'agissait bien de cela. De dangereux rituels. Et de rituels stupides. Dénués de tout pouvoir magique, certainement pas drôles, et suffisamment angoissants pour mettre la personne même la plus posée en colère.

— Rien ne nous permet de prouver que c'est elle, a déclaré Chanelle, tout en jetant un coup d'œil à la table du réfectoire où normalement Tory, Gretchen et Lindsey s'asseyaient mais qui, curieusement, était vide aujourd'hui.

Apparemment, elles avaient choisi de déjeuner ailleurs.

— Jamais le lycée ne la renverra sans preuve, a continué Chanelle. Et avec ses copines sorcières, elle se débrouillera pour savoir qui l'a dénoncée. Sa vengeance sera pire.

— Ce ne sont pas des sorcières, ai-je déclaré catégoriquement. Elles jouent aux sorcières mais elles n'en sont pas. Pour pratiquer la magie, la vraie magie, il faut avoir un don. Les personnes qui ont hérité de ce don respectent un code moral dont le but est d'être en harmonie avec la nature et les gens, et non de faire le mal.

Même Robert, qui mangeait goulûment un cheese-burger au bacon, a paru impressionné par mon petit discours.

— Ouah ! a-t-il fait. Où tu as appris tout ça ? Sur Discovery Channel ?

— Euh..., non. Je l'ai lu quelque part.

— Et qu'est-ce que tu fais du rat ? a demandé Chanelle. Un rat mort n'est pas vraiment en harmonie avec la nature.

— Justement ! C'est pour ça que ce n'est pas de la magie.

— Mais dis donc, Shawn ! a lancé Chanelle en se tournant vers ce dernier, occupé à taper sur son

Palm. Pourquoi tu ne lui parles pas, toi ? C'est ta petite amie, après tout. Tu n'as qu'à lui dire que si elle ne se calme pas, tu ne l'accompagnes pas au bal du lycée.

— Ce n'est pas ma petite amie, a répondu Shawn sans lever les yeux de son clavier. Et je suis obligé de l'accompagner au bal. J'ai déjà payé les billets et réservé une limousine pour la soirée.

— Emmène quelqu'un d'autre.

Cette fois, Shawn a relevé la tête.

— Tu es malade ? s'est-il exclamé. Si je lui dis ça, elle va accrocher un rat à *mon* casier. Peut-être même pire qu'un rat.

— Est-ce que tu insinues que tu as peur de ta propre petite amie ?

— Ben… oui, a fait Shawn. Et d'abord, pourquoi je chercherais à la mettre en colère ? On a un petit arrangement tous les deux qui me convient parfaitement.

— Tu me dégoûtes, a lâché Chanelle avant de se tourner vers moi et d'ajouter : Je suis désolée, Jade. Mais j'ai l'impression qu'on ne peut pas faire grand-chose.

On ne peut pas faire grand-chose. La phrase a résonné dans ma tête pendant tout l'après-midi. Ce n'était pas possible. Il devait bien y avoir quelque chose à faire. Quelque chose que *je* pouvais faire. Mais *quoi* ?

— Je sais que c'est Tory, a déclaré Zach, l'air de rien, pendant le cours de sport. Et il est temps que quelqu'un fasse quelque chose.

— Ne t'en mêle pas, je t'en prie.

Le temps avait fini par changer et comme il pleuvait des cordes, le prof nous avait tous rassemblés dans le réfectoire pour une partie de balle au bond. Je m'étais très vite laissé toucher par la balle et Zach m'avait rejointe une minute après, sur le banc, avec tous ceux qui étaient, comme nous, éliminés.

— Je suis impliqué dans cette histoire, Jade, a répondu Zach. Je ne suis pas idiot. Je ne sais pas ce qui se passe entre vous deux, mais j'ai ma petite idée, et je ne la laisserai pas...

— Je parle très sérieusement, Zach, l'ai-je interrompu tout en refaisant les lacets de mes chaussures pour qu'il ne voie pas que j'étais au bord des larmes. Reste en dehors de tout ça, O.K. ?

— Pourquoi ? Pourquoi est-ce que je devrais rester en dehors de tout ça ? C'est à cause de moi que tout ça est arrivé, non ?

— Pas vraiment.

Je savais ce que je devais faire – en ce qui concernait Zach, du moins. Sauf que je ne tenais pas du tout à le faire.

Mais est-ce que j'avais le choix ? Soit je lui disais la vérité, soit Tory lui donnait sa version des faits. La seule différence, c'est qu'il y avait une chance – bon, d'accord, une toute petite chance – pour qu'il comprenne si je lui parlais la première.

En même temps, Tory ignorait tellement de choses…

— L'histoire est plus compliquée que ça, ai-je commencé maladroitement en me demandant comment j'allais bien pouvoir m'en sortir. Et va plus loin qu'un simple béguin d'une fille pour un garçon.

À ma grande surprise, Zach m'a facilité les choses en portant la main au pentacle suspendu à mon cou.

— À cause de ça ? a-t-il demandé.

— Oui, ai-je murmuré, d'une voix tremblante. Tu te souviens, quand tu m'as accompagnée dans cette librairie, chez Circé… Je ne t'ai pas vraiment dit la vérité.

— Tu parles du livre ? Il n'était pas pour

Courtney, mais pour toi, c'est ça ? Je n'ai peut-être pas la même perception extrasensorielle que toi, Jade, mais je ne suis pas idiot non plus.

— Je… je ne suis pas douée de… de perception extrasensorielle, ai-je bafouillé.

— Comment as-tu deviné alors que le coursier allait me renverser avec sa bicyclette ? Et comment as-tu calculé le moment exact où me pousser ?

— C'était juste… juste…

Je n'ai pas pu continuer. Pas sous le regard quasi hypnotique de Zach.

— Jade, je sais que tu as certains… talents, disons. Mais tu ne crois quand même pas que ces rituels de sorcellerie marchent, dis-moi ? Tu ne crois pas à la magie noire, au vaudou et à tous ces gris-gris et autres talismans ?

Je me suis détournée avec difficulté de son visage pour me concentrer sur la partie de balle au bond avant de répondre :

— Si… Zach. J'y crois. J'ai été témoin de certaines choses qui ne peuvent pas s'expliquer autrement que par la magie.

— Les anciennes civilisations utilisaient le concept de la magie pour expliquer ce qu'elles ne parvenaient pas à comprendre, comme la maladie, a rétorqué Zach sombrement. Mais grâce à la science, nous avons fait des progrès. Ce n'est pas parce que nous n'avons pas d'explication que c'est magique.

— Je sais. N'empêche que... j'y crois. Et plus important encore, Tory aussi.

— Eh bien, il faut que ça cesse. Ce n'est pas bien. Quoi que fasse Tory, ne compte pas sur moi pour que je reste les bras ballants et que je la regarde faire, comme tout le monde au lycée.

— Je t'en prie, Zach. Ne t'en mêle pas. Tory m'en veut terriblement. Pas seulement à cause de toi, mais parce que je... je refuse de faire partie de sa société secrète. Elle veut se venger et, pour y arriver, il se peut qu'elle te dise certaines choses me concernant.

— Comme quoi ? a demandé Zach, un peu trop vite.

Sentant que mes joues s'empourpraient, je me suis obligée à garder les yeux fixés sur la partie de balle au bond.

— Par exemple que... que je suis une sorcière, ai-je déclaré. Ce que je ne suis pas ! Mais c'est vrai que... que je me suis intéressée à tout ça. Avant. Et elle risque de te parler d'un... d'un certain garçon...

— Celui qui te harcelait ? Oui, je m'en doutais. Qu'est-ce qu'elle pourrait me raconter sur lui ?

— Je ne sais pas. Mais sache que rien de ce qu'elle te dira ne sera vrai, car elle ne connaît pas toute l'histoire.

— Quelle *est* toute l'histoire, Jade ? Que lui est-il arrivé ? Et qu'est-ce qu'il t'a fait pour que tu ailles vivre à l'autre bout du pays ?

Je lui ai lancé un regard de côté.

— Il ne m'a rien fait, ai-je répondu. Ça ne s'est pas du tout passé comme tu le penses. C'est ça que je voulais te dire. Tory risque d'inventer… je ne sais même pas quoi. Quoi qu'il en soit, elle a des problèmes. Des problèmes sérieux, ai-je insisté en repensant à la photo de Petra, scotchée au fond de la caisse de Mouche.

— Je suis au courant, Jade. Elle a quand même accroché un rat mort à ton casier ! On ne s'attend pas vraiment à ça de la part de quelqu'un de sain et d'équilibré, non ? C'est pour ça qu'il faut en parler à ses parents.

— Ça ne servira à rien, Zach. Elle niera. Et on n'a aucune preuve, en ce qui concerne le rat.

Un coup de sifflet strident nous a interrompus. Puis la voix du prof de gym a retenti :

— Rosen ! Honeychurch ! Ce n'est pas le dernier salon où l'on cause, ici !

Je me suis levée.

— Je t'en prie, Zach. Laisse-moi m'en occuper. Ça va aller, je le sais.

Mais Zach a secoué la tête.

— Tu le sais ? Tu veux dire que tu as regardé dans ta boule de cristal ?

— Non, ai-je répondu avec une grimace. Pas exactement. Mais ça ne peut pas être pire que maintenant. N'est-ce pas ?

13.

Il ne s'est rien passé pendant le restant de la semaine. Rien d'inquiétant du moins. Tory était sous haute surveillance. Tante Evelyn et oncle Ted, qui s'étaient enfin aperçus qu'elle ne suivait dans pratiquement aucune matière – comment aurait-elle pu faire autrement, vu qu'elle retrouvait Gretchen et Lindsey pratiquement tous les soirs et ne faisait donc jamais ses devoirs ? – l'avaient obligée à annuler toutes ses sorties et restaient à la maison pour contrôler ses allées et venues. Ils avaient également engagé un professeur particulier qui la faisait travailler six jours par semaine, y compris le samedi matin. Tory avait eu beau rouspéter, ils n'avaient pas lâché prise.

Personnellement, je considérais que c'était bon signe.

Zach, lui, en doutait.

— Ce n'est pas la première fois que ton oncle et ta tante se mobilisent quand les notes de Tory flanchent, a-t-il déclaré quand je lui ai fait part de mes sentiments. Ou qu'ils l'envoient voir son thérapeute plus régulièrement. Jusqu'au jour où Tory accomplira un acte d'une grande théâtralité, comme elle en a le secret, qui les fera culpabiliser au point de renoncer.

J'avais du mal à y croire mais Zach, qui voulait toujours parler du rat à tante Evelyn et à oncle Ted, s'est contenté de me répondre :

— Attends, et tu verras bien.

J'ai attendu, persuadée qu'il se trompait. Tante Evelyn est demeurée vigilante pendant le restant de la semaine. Tous les jours, elle téléphonait aux profs de Tory pour savoir quels étaient les devoirs, et oncle Ted les vérifiait avec elle le soir, même après le passage du prof particulier.

En ce qui me concerne, mis à part les regards haineux qu'elle ne se gênait pas pour m'adresser, elle me laissait tranquille. Et je ne pense pas que ce soit dû au pentacle que je portais. Parce qu'elle laissait Petra tranquille aussi.

Est-ce que mes contre-envoûtements marchaient ?

Ou Tory avait-elle retrouvé la raison ?

— Franchement, je crois qu'elle va mieux, ai-je dit à Zach, alors qu'on se trouvait dans un restaurant italien avant le concert de Nigel Kennedy. De toute façon, elle n'a pas le temps de réfléchir à un moyen de torturer les gens. Elle est trop occupée avec ses devoirs de géométrie.

— C'est vrai qu'elle n'a plus accroché de rat mort à ton casier, a concédé Zach, mais rien ne dit qu'elle ne prépare pas autre chose. Et que ce sera pire. Tory a une dent contre toi, Jade, ne l'oublie pas.

J'étais tellement heureuse de dîner en tête à tête avec Zach – même si on avait passé une grande partie du repas à discuter de la venue imminente de Willem, et des conséquences que sa présence aurait sur sa relation avec Petra – que j'avais du mal à partager sa vision sombre des choses.

Ce n'est qu'après le concert, tandis qu'on rentrait à pied parce qu'on avait décidé de profiter de la douceur de la soirée, que j'ai perdu mon optimisme.

— Je te jure ! Je ne me suis pas du tout ennuyé, tentait de me convaincre Zach.

— Pourquoi alors as-tu gardé les yeux fermés presque tout le temps ?

— Pour mieux me concentrer. C'est vrai ! Je n'ai rien contre la musique classique, mais je suis plus… jazz, surtout quand c'est du free-jazz. Tu as déjà essayé de battre la mesure quand tu écoutes du free-jazz ? Ce que j'aime aussi, c'est le blues. Il y a des super boîtes où écouter du blues, à New York. On pourrait peut-être y aller la semaine prochaine ? Il faudrait que je te fabrique une fausse carte d'identité. On ne peut pas entrer en dessous de vingt et un ans.

— Oui, ce serait super, ai-je répondu.

— Cela dit, il vaudrait peut-être mieux attendre le week-end d'après, à cause du bal du lycée. Je ne sais pas si tu as l'intention d'y aller. C'est assez cucul. Moi-même, je n'ai jamais assisté à aucun bal de lycée, mais… si ça te tente, on peut y aller. Ensemble, je veux dire. Et en amis, bien sûr.

J'ai cru que mon sourire allait me fendre la tête en deux. D'accord, Zach était amoureux d'une autre fille mais c'est à *moi* qu'il proposait d'aller au bal.

C'était trop beau pour être vrai ! Jamais un garçon comme Zach Rosen ne proposerait à une fille comme moi, Jade Honeychurch, de l'accompagner au bal du lycée.

— O.K., ai-je dit, avec l'impression que mon cœur allait exploser. Oui, ça pourrait être drôle.

On venait d'atteindre le coin de la 69e Rue est et la première chose que j'ai vue, c'est…

… l'ambulance garée devant la maison des Gardiner, et son gyrophare qui éclairait les fenêtres des maisons voisines.

— Ce n'est probablement rien ! s'est écrié Zach en voyant que je m'élançais vers l'ambulance.

Non, ce n'était pas rien. Je suis arrivée au moment où les ambulanciers emportaient Tory sur une civière. J'ai tout de suite vu qu'elle était consciente. Elle regardait même autour d'elle, et quand ses yeux, outrageusement maquillés, se sont posés sur moi, puis sur Zach qui venait de me rejoindre, ils se sont plissés dangereusement.

Dès que les ambulanciers l'ont installée à l'arrière de leur véhicule et ont refermé les portes, j'ai grimpé les marches du perron quatre à quatre. J'ai failli me heurter à Petra dans le hall. Un policier se tenait à côté d'elle.

— Oh, Jade ! Tu es là ! s'est-elle exclamée en levant les yeux de la pile de cartes de crédit qu'elle passait en revue. Est-ce que tu peux rester ici avec les petits pendant que j'accompagne Torrance ? Ses parents sont à une soirée de gala. Comme elle allait mieux, ils ont pensé qu'ils pouvaient sortir...

— Bien sûr.

Zach, qui s'était précipité derrière moi, a demandé :

— Que s'est-il passé ?

— C'est ma faute, a dit Petra. Je devais surveiller Tory mais je suis restée avec Jade pendant qu'elle se préparait et...

J'ai jeté un regard coupable en direction de Zach. Petra avait passé près d'une heure à m'aider à m'habiller pour le concert pendant que Tory était censée travailler dans sa chambre.

— Si j'étais allée la voir, je l'aurais découverte plus tôt, a poursuivi Petra, au bord des larmes. Mais j'étais avec toi, Jade, et puis Zach est arrivé, j'ai fait dîner les enfants, je leur ai donné leur bain, je leur ai lu une histoire, et j'ai oublié Tory. Elle était tellement discrète que je ne pensais même pas qu'elle était à la maison. Elle n'est jamais là, d'habitude, le samedi soir !

Puis, se tournant vers le policier, elle a ajouté :

— Je ne la trouve pas !

— Ce n'est pas grave, mademoiselle. Prenez-les toutes et vous la chercherez en chemin pour l'hôpital.

— J'ai besoin de la carte d'assurance, m'a expliqué Petra tout en suivant le policier, et je n'arrive pas à mettre la main dessus. Je n'ai pas réussi à joindre Mr. et Mrs. Gardiner non plus. Tu peux les appeler pour moi, Jade ? Dis-leur qu'on est au...

Elle a jeté un coup d'œil au policier qui a dit :

— Au Cabrini.

— Oui, à l'hôpital Cabrini, a répété Petra en descendant les marches en direction de l'ambulance. Dis-leur de me retrouver là-bas. Dis que leur Torrance...

— Quoi, Petra ? Qu'est-ce qu'a fait Torrance ?

— Elle a tenté de se suicider, a répondu Petra en me montrant le petit sachet en plastique où Shawn cachait le Valium qu'il lui fournissait. Overdose.

— Oh ! ai-je fait en regardant le sac en plastique puis le policier avant d'ajouter : S'il s'agit des cachets qui se trouvaient à l'intérieur, ce n'était pas du Valium, mais de l'aspirine. Pour bébé.

14.

Et alors ?

Je n'allais tout de même pas laisser ma cousine continuer à se droguer ? Pas si je pouvais l'en empêcher.

Du coup, j'avais trouvé où elle cachait ses Valium un soir où elle était sortie – cela n'avait pas été difficile ; elle les rangeait dans sa boîte à bijoux –, puis j'avais cherché dans la pharmacie du quartier des cachets d'aspect identique mais inoffensifs, et j'avais fait l'échange avant de vider le contenu du sac en plastique dans les toilettes.

— Elle va te tuer quand elle rentrera de l'hôpital, a déclaré Zach, tout en buvant une gorgée du Coca qu'il venait de se servir.

— Elle avait l'intention de me tuer avant, ai-je

rétorqué sombrement. Ça ne fera que la conforter dans sa décision.

— Tu sais bien qu'elle n'était pas sérieuse.

— Qu'elle n'était pas sérieuse ? ai-je répété. Bien sûr qu'elle l'était. On ne prend pas plusieurs cachets de Valium par hasard. C'est de la folie.

— Mmmmm, a fait Zach tout en piochant dans le paquet de chips que quelqu'un avait laissé ouvert sur la paillasse. C'est plutôt très malin, au contraire. Il est très rare qu'on meure après avoir pris du Valium, même en grosse quantité. Et au niveau du timing, elle a fait un sans faute, au cas où tu ne l'aurais pas remarqué.

Effondrée dans la chaise où Alice s'installait d'habitude pour le petit déjeuner, j'ai levé les yeux vers Zach d'un air étonné :

— De quoi tu parles ?

— Elle savait qu'on sortait tous les deux, ce soir, n'est-ce pas ?

— Oui, ai-je répondu en repensant à notre confrontation dans la cuisine, quelques jours auparavant.

— C'est bien ce que je pensais. Elle a dû prendre ses cachets vers dix-huit heures. Juste avant que je passe te chercher. Si Petra était montée la voir, comme elle était censée le faire, elle l'aurait trouvée par terre, et notre sortie aurait été annulée.

Je l'ai dévisagé.

— Tu n'es pas sérieux ! Tu es en train de dire que Tory n'a pas essayé de se tuer ? Qu'elle n'a pris tous ces cachets que pour m'empêcher d'aller à un concert avec toi ?

Zach a haussé les épaules et a avalé ses chips avec une gorgée de Coca.

— Pas « tous ces cachets », a-t-il corrigé. Deux seulement. C'est ce que m'a dit l'ambulancier. Tory savait parfaitement que deux Valium ne lui feraient rien. C'était juste pour attirer l'attention sur elle. Elle n'a jamais voulu mettre sa vie en danger. Et heureusement pour nous, tu avais échangé le Valium contre de l'aspirine pour bébé. Et Petra a tout gâché en allant la voir après notre départ seulement.

— Oh, Zach ! ai-je soupiré. Pauvre Petra. Elle pense que c'est sa faute, alors que c'est la mienne.

Zach a posé brutalement sa bouteille.

— Faux, a-t-il déclaré.

C'était facile pour lui de dire ça. En revanche, ça ne l'était pas pour moi. Après tout, Tory s'était ouverte à moi en me montrant la poupée qu'elle avait fabriquée. Et comment avais-je répondu à son aveu ? En sortant avec Zach. Bien sûr, Zach ne m'aimait pas – pas comme moi je l'aimais. On était juste amis. Mais Tory et lui aussi étaient amis, et il ne l'invitait pas à des concerts. C'est clair qu'elle était jalouse. Et qu'elle avait agi de la sorte parce qu'elle l'était.

Et à présent, Zach me proposait d'aller au bal du lycée avec lui ? Si Tory avait tenté de se suicider – ou, comme le laissait entendre Zach, si elle avait fait une fausse tentative de suicide – parce qu'on allait à un concert ensemble, que ferait-elle quand elle apprendrait qu'on allait au bal ensemble ?

Je ne sais pas. Mais je savais que je ne voulais pas découvrir quelle serait sa réaction.

Le téléphone a sonné pile à ce moment-là de ma réflexion. Je me suis précipitée pour décrocher avant même que ne retentisse la seconde sonnerie.

— Jade ? C'est moi, a dit tante Evelyn au bout du fil. On est à l'hôpital avec Tory. On rentre bientôt. Elle va bien. Grâce à toi.

J'ai laissé échapper un soupir de soulagement.

— Ouf, ai-je dit en faisant comprendre à Zach d'un geste de la main que Tory était hors de danger.

Je te l'avais dit, a-t-il articulé.

— Comment vont les petits ? a demandé tante Evelyn.

— Ils dorment.

Alice ne s'était miraculeusement pas réveillée mais Teddy avait entendu les ambulanciers et était aussitôt descendu. Zach l'avait cependant convaincu de remonter se coucher en lui promettant de jouer à cache-cache avec lui le lendemain.

— Parfait. Je crois qu'ils vont la laisser sortir dans peu de temps. Ils n'ont pas eu besoin de lui faire de lavage d'estomac après qu'ils ont su ce que tu... avais fait. Je t'avoue que je tombe des nues, Jade. Je ne savais pas qu'elle prenait du Valium. Comment l'as-tu découvert ?

— Découvert ?

— Qu'elle avait tous ces cachets en sa possession ?

J'ai hésité et j'ai répondu :

— Je suis tombée dessus par hasard.

— Et tu ne nous en as pas parlé ? s'est étonnée tante Evelyn, sans chercher à cacher sa déception. Je te suis très reconnaissante d'avoir fait ce que tu as fait, Jade, mais tu aurais dû nous avertir. Tory est... Oh, voilà le médecin. Il faut que je te laisse. Ne nous attends pas. Nous parlerons demain matin. Et merci de garder les petits.

— Oh, ce n'est…

Mais tante Evelyn avait déjà raccroché.

J'ai raccroché à mon tour et je me suis tournée vers Zach. J'ai cru que j'allais être malade. Pourtant, je n'avais pas le choix.

— Alors ? a demandé Zach en plantant ses yeux verts dans les miens. Elle va bien, n'est-ce pas ?

— Oui, elle va bien. Mais… Zach, je ne peux pas aller au bal avec toi.

Voilà, c'était dit.

Zach a continué à me regarder.

— Jade, c'est exactement ce que veut Tory, et c'est pour ça qu'elle a agi de la sorte.

— Peut-être, ai-je commencé en me rappelant la voix déçue de ma tante au téléphone. Mais je ne peux pas quand même. Je suis désolée.

— Arrête de t'en vouloir ! s'est exclamé Zach. Ce n'est pas ta faute.

— Si ! C'est ma faute ! Et c'est pour ça que je ne peux pas aller au bal avec toi ! Ce ne serait pas bien. Tu ferais mieux de demander à quelqu'un d'autre.

Pour la première fois depuis que je le connaissais, Zach a paru en colère.

— Je ne veux pas y aller avec quelqu'un d'autre, a-t-il déclaré. Si je ne peux pas y aller avec la fille de mon choix, je préfère ne pas y aller du tout.

— Mais pourquoi ? Petra est la fille que tu aimes et tu t'apprêtais à y aller avec moi. Quelle différence ça fait, alors ?

— Tu sais quoi ? a fait Zach en éclatant brusquement de rire. Tu as raison. Ça ne fait aucune différence. Je rentre chez moi. À demain.

Là-dessus, il est parti.

Et je me suis retrouvée toute seule dans la cuisine des Gardiner. Ce qui m'a facilité les choses pour faire ce que j'ai fait ensuite : m'asseoir et pleurer toutes les larmes de mon corps. Je ne pleurais pas uniquement sur mon sort ou parce que j'avais perdu Zach.

Non, je pleurais pour Tory, pour Petra, et pour tous ceux que mes pouvoirs magiques – mais s'agissait-il de magie ou de mauvaise chance ? – avaient blessés.

Car ce qui était arrivé à Tory n'était-il pas finalement le résultat direct de mes contre-envoûtements ? Je l'avais empêchée de faire du mal aux autres...

... mais pas de s'en faire à elle-même.

J'en ai eu la preuve quand elle est rentrée à la maison et que je l'ai vue, là, dans le hall, avec ses parents et Petra, pâle et plus maigre que jamais.

Cela dit, aussi faible soit-elle, cela ne l'a pas empêchée de me fusiller du regard.

— Jade ! a dit tante Evelyn en retirant son manteau. Tu es encore debout ? Ce n'était pas nécessaire de nous attendre. Il est tard.

— Je n'arrivais pas à dormir.

— Tu n'as plus de soucis à te faire, a déclaré oncle Ted. Tory va bien. Grâce à toi.

En entendant cela, le visage de Tory s'est aussitôt empourpré.

— Tu me le paieras, La Poisse !

— Tory ! s'est exclamé oncle Ted. C'est probablement grâce à ta cousine que tu es encore parmi nous. La moindre des choses serait de la remercier.

— Ne vous inquiétez pas, je vais le faire, a rétorqué Tory en ricanant. Je lui réserve une petite surprise dont elle se souviendra !

— Torrance ! s'est écriée tante Evelyn sèchement. File dans ta chambre immédiatement.

Nous parlerons de tout cela demain matin, avec ton thérapeute.

Tory m'a lancé un dernier regard haineux puis elle a monté l'escalier bruyamment avant de claquer la porte de sa chambre.

— Je crois que je vais aller me coucher, a dit Petra qui se tenait, depuis le début de la scène, près de la porte du salon. Je suis un peu fatiguée. Ça ne vous ennuie pas ?

— Bien sûr que non, Petra, a aussitôt répondu tante Evelyn sur un autre ton. Merci, merci pour tout, Petra.

— Ce n'est rien. Je suis tellement contente que... eh bien... Bref, je suis contente. Bonne nuit.

Dès qu'elle est partie, j'ai rejoint oncle Ted et tante Evelyn dans l'entrée.

À leur tour, à présent. Je l'avais fait avec Zach. Je devais maintenant le faire avec eux.

Même si c'était la dernière chose que je souhaitais.

— Je sais que vous êtes tous les deux épuisés et que vous n'avez qu'une envie, aller au lit, ai-je commencé, mais je voulais vous dire que je suis désolée de ne pas vous avoir prévenus... que...

que Tory se droguait. Et… et… Si vous voulez me renvoyer chez moi, je comprendrais tout à fait.

J'ai apporté cette dernière précision à toute vitesse. Il faut dire que je l'avais répétée quasiment non-stop dans ma tête depuis que j'avais vu les ambulanciers emporter Tory sur la civière.

Tante Evelyn et oncle Ted m'ont tous les deux dévisagée comme si je venais de leur suggérer de me trancher la tête.

— Te renvoyer chez toi ? a répété oncle Ted. Mais pourquoi ?

— Oh, Jade, ma chérie ! s'est exclamée tante Evelyn en me prenant dans ses bras. Ce qui s'est passé ce soir n'est absolument pas ta faute. Tory a… des petits soucis… depuis quelque temps. Je suis désolée de m'être un peu emportée tout à l'heure au téléphone. J'étais bouleversée. Mais Ted et moi, nous ne t'en voulons pas. Pas du tout.

— Mais…

Comment leur expliquer ce que je voulais leur dire sans faire que Tory me haïsse à jamais (si ce n'était pas déjà le cas ?) si elle l'apprenait ?

— Cette histoire avec Zach…

Le visage de tante Evelyn s'est immédiatement durci. Elle s'est écartée. Mais pas, comme je l'ai pensé, parce qu'elle était en colère contre moi.

— C'est donc ça ? a-t-elle dit. On s'est posé la question. Ça fait un moment que Tory a le béguin pour lui. Mais malheureusement, il ne partage pas ses sentiments, n'est-ce pas ? J'ai essayé de lui expliquer que… c'était la vie. Que ce n'était pas ta faute si c'est toi qu'il a choisie et pas elle.

— Pas du tout ! me suis-je écriée, horrifiée. Zach et moi… Je ne sors pas avec lui. On est juste amis. Je ne comprends pas pourquoi Tory pense qu'il y a autre chose entre nous.

Tante Evelyn a haussé les sourcils.

— Vraiment ? a-t-elle fait. Eh bien, peut-être parce que Zach semble…

Mais elle n'a pas eu l'occasion de finir. Oncle Ted l'a interrompue.

— Une minute, a-t-il dit. Je ne vous suis plus. Je pensais que Tory en avait fini avec Zach. Et ce Shawn, alors ?

— C'est juste un camarade, je crois, a déclaré tante Evelyn.

Un camarade avec les à-côtés.

— Le problème, ai-je repris avec l'impression de ne pas avoir eu le temps de finir de leur exposer mon point de vue, c'est que je me demande si mon amitié avec Zach n'est pas ce qui a poussé

Tory à faire ce qu'elle a fait ce soir. Du coup, si je rentrais à la maison…

— Tu ne peux pas rentrer à Hancock maintenant, Jade, a dit tante Evelyn, l'air troublé. Ted et moi sommes très heureux de t'avoir parmi nous. Et Teddy et Alice t'adorent. Quant à Petra, elle ne tarit pas d'éloges à ton égard. Même Marta dit que tu es comme une brise d'air frais dans cette maison. Tu fais partie de notre famille, Jade. Je ne sais pas comment nous ferions sans toi.

— Et très franchement, je pense que tu as une influence bénéfique sur Tory. D'accord, ce soir, nous avons été sacrément secoués. Mais imagine ce qui serait arrivé si… eh bien, si tu n'avais pas fait ce que tu as fait.

— Tu es un bon exemple pour elle, Jade, a renchéri tante Evelyn. Tu as les pieds sur terre. Je dois t'avouer qu'en t'accueillant ici j'espérais que Tory changerait à ton contact.

Je me suis mordu la lèvre. Un bon exemple ? Changer à mon contact ? Je comprenais maintenant pourquoi Tory me détestait tant ! Moi-même, je me détestais, après un tel portrait.

La vérité, c'est que je n'avais pas envie de rentrer à Hancock. Même si tante Evelyn était loin de la vérité en pensant que « j'avais les pieds sur terre ». De toute évidence, elle n'avait aucune idée de l'endroit où j'avais l'intention d'aller pas plus tard que le lendemain, et où je savais, à présent que je ne partais plus, que je devais aller.

— D'accord, ai-je répondu. Je reste alors.

Après tout, qu'est-ce qui pouvait m'arriver de pire ?

De pire que ce qui m'était déjà arrivé à Hancock ? Rien.

Du moins, c'est ce que je pensais. À ce moment-là.

15.

La clochette au-dessus de la porte a tinté quand je suis entrée.

— Que les divinités vous protègent, a dit la femme derrière le comptoir en levant les yeux du livre qu'elle lisait. Puis, me reconnaissant, elle a ajouté, avec bienveillance : Oh, c'est vous ! Comment allez-vous, ma sœur ?

Je me suis approchée d'un pas hésitant. J'étais venue seule, cette fois, même si l'expérience du métro new-yorkais avait été assez effrayante.

Mais je l'avais fait et, à présent, je me sentais ridicule dans cette boutique de la 9e Rue. La magie ne pourrait rien pour moi.

Cette femme non plus.

Personne ne pourrait m'aider.

La femme a posé son livre. J'ai jeté un coup

d'œil à la couverture. Il ne s'agissait pas, comme je le pensais, d'un ouvrage sur la sorcellerie, mais d'un vieux roman de science-fiction.

— Que se passe-t-il ? a demandé la femme d'une voix chaleureuse.

J'ai parcouru la boutique du regard. À part le chat, qui dormait sur une pile de livres, il n'y avait personne. J'ai eu du mal à avaler ma salive. Et je me suis lancée. Après tout, pourquoi pas ?

— Quelqu'un que je connais m'a jeté un sort, ai-je dit tout de go. Tout ce que je sais, c'est qu'elle a utilisé, entre autres, un champignon qui pousse sur les pierres tombales, qu'elle a ramassé à minuit, quand la lune croît. Je me demandais si vous sauriez par hasard quel genre de sortilège c'est.

La femme, qui semblait avoir une trentaine d'années, a froncé les sourcils d'un air songeur. J'avais peur qu'elle me fasse tout un discours selon lequel la pratique de la sorcellerie était une question de pouvoir, et que les sortilèges n'étaient qu'une manière de concentrer son énergie dans le but de régler un problème en particulier. À la place, elle a dit :

— Une lune qui croît est, comme son nom l'indique, signe de croissance, et lorsqu'on jette un sort durant cette période, c'est que quelque chose est en train de se développer. C'est une bonne époque pour les nouveaux départs.

— Vous voulez dire qu'il s'agit peut-être d'un bon sortilège ? Les nouveaux départs, c'est toujours positif, non ?

— Pas toujours, a répondu la femme. Est-ce que cette personne est en colère ?

J'ai de nouveau eu du mal à avaler ma salive. *Je lui réserve une petite surprise dont elle se souviendra.*

— Oui.

Elle a hoché la tête et a poursuivi :

— C'est un problème, dans ce cas. Mais que vous pouvez tout à fait gérer.

— *Moi ?* Ça m'étonnerait.

La femme a eu l'air amusé.

— Rien qu'en vous regardant, je devine que vous êtes une sorcière très… puissante.

— Non, non, me suis-je empressée de répondre en secouant la tête si vivement que mes boucles ont frôlé mes joues. Le pouvoir que j'ai est… mauvais. Dès que je touche quelque chose, dès que j'arrive quelque part, ça se passe mal. C'est pour ça d'ailleurs qu'on m'a surnommée La Poisse. Parce que je porte la poisse

La femme a souri tout en agitant la tête de gauche à droite.

— Je ne crois pas, a-t-elle dit. En revanche, j'ai le sentiment que... pardonnez-moi d'être aussi directe... que vous avez peur de votre pouvoir.

J'ai écarquillé les yeux. Comment savait-elle...

Bien sûr, c'était une sorcière !

— J'ai lancé un sort il y a quelque temps, ai-je expliqué. C'était le premier et c'est le seul, d'ailleurs, excepté des contre-envoûtements. Mais ce sort que j'ai jeté, ce premier sort... a provoqué de gros dégâts.

— Maintenant, je comprends. Vous avez peur de ce pouvoir que vous avez découvert en vous. Et c'est peut-être cette peur qui vous porte la poisse, comme vous dites. Vous la retournez contre vous à travers votre peur.

Quoi ? Je ne devais ma malchance qu'à moi-même ? C'était impossible. Et pourquoi je ferais ça ?

— Cela n'a pas dû être évident pour vous, a continué la femme. Et vous avez raison d'être prudente. Un pouvoir tel que le vôtre représente énormément de responsabilités. Vous ne devez jamais l'utiliser à la légère. Et ne jamais, comme je suis sûre que vous l'avez compris, y avoir recours pour manipuler la volonté des autres. Car cela peut mal tourner, très mal. Mais vous le savez, n'est-ce pas ? Cela dit, ça ne signifie pas que vous devez en avoir peur. Être prudente, oui, mais en avoir peur, non. Car votre pouvoir – votre don – fait partie de vous. Et c'est une partie de vous qui est positive, et non négative. En la niant, vous niez cette partie-là de vous-même. C'est comme si vous admettiez ne pas vous aimer. Mais ne serait-ce pas le cas ?

J'ai hoché la tête, incapable de prononcer le moindre mot.

— Le pouvoir magique qui est en vous, a continué la femme doucement, est très ancien, et très puissant. À mon avis, la personne qui vous a jeté un sort, celle qui est allée chercher ces champignons, n'a pas la moindre idée de ce à quoi elle s'oppose. Vous n'aurez aucun mal à la vaincre… mais pour réussir, vous devez aimer ce qui vous fait peur.

Aimer ce qui me faisait peur ? Elle plaisantait ou quoi ? Si elle était à ma place, ne serait-ce qu'un jour, je suis sûre qu'elle n'aimerait rien du tout, mais prendrait ses jambes à son cou. Des rats décapités, des coursiers à vélo perdant le contrôle de leur bicyclette, des poupées, la tête plantée d'aiguilles et...

— Vous ne me croyez pas, n'est-ce pas ? a déclaré la femme en souriant. Je le vois bien. Peu importe. Mais dites-moi, ce contre-envoûtement, a-t-il marché ?

J'ai pensé à Petra, à Willem qui allait arriver d'un jour à l'autre, à la note de Petra en nutrition.

— Oui, ai-je répondu. Je crois qu'il a marché. Jusqu'à présent, du moins.

— Vous n'aviez pas peur de vos pouvoirs à ce moment-là ?

— Non. J'étais trop en colère.

— Vous voyez ? La colère peut être saine. Le moment venu – car le moment viendra –, pensez-y. Et pensez à ce que je vous ai dit. Aimez le pouvoir qui est en vous, aimez-vous telle que la nature vous a faite, et vous vaincrez.

Je *voulais* la croire. Mais comment aimer quelque chose qui ne m'avait mis que des bâtons dans les roues jusqu'à présent.

J'ai pourtant souri, et j'ai dit :

— Ce n'est pas tant pour moi que j'ai peur. Je me fais plus de souci pour... pour un ami.

Je refusais d'admettre à voix haute que je craignais que Tory ne fasse du mal à Zach. Pas exprès, bien sûr. Mais je ne pouvais pas m'ôter de l'esprit l'image de cette poupée, la tête pleine d'aiguilles. Je savais trop bien comment un sortilège pouvait échouer et finir par blesser la seule personne que le sorcier n'avait jamais songé à blesser.

— J'ai peur que... que la personne qui a eu recours aux champignons pour jeter son sort ne lui fasse du mal. J'espérais trouver ici quelque chose pour le protéger... sans qu'il le sache, si possible.

— Il ne croit pas en la sorcellerie ? a demandé la femme, un sourire désabusé au visage.

— Pas vraiment.

— Je vois...

Elle est alors descendue de son tabouret et s'est dirigée vers le fond de la boutique où se trouvaient des pots en verre comme ceux dans lesquels les commerçants rangent parfois les bonbons. À ce moment-là, je me suis rendu compte que, malgré son T-shirt et son jean, c'était bel et bien une sorcière.

— Un peu de poudre de zeste de citron pour nettoyer, a-t-elle commencé tout en versant une cuillère à café de poudre jaune dans une pochette en papier. Et un peu de gingembre pour l'énergie. Des clous de girofle pour protéger, évidemment, et n'oublions pas le romarin pour…

Elle s'est alors tournée vers moi et m'a fait un clin d'œil.

— L'amour, a-t-elle dit, comme dans « Aime ton ennemi », même si cela vous semble impossible pour l'instant. Et voilà.

Elle a refermé la pochette avec un ruban rouge et me l'a tendue.

— Avec un peu de chance, et tant qu'il portera cela sur lui, tous les sortilèges qui le visent s'anéantiront et se retourneront vers celui ou celle qui les a lancés au départ.

Avec un peu de chance.

— Merci. Merci beaucoup, ai-je dit en rangeant la petite pochette parfumée au fond de mon sac.

Comment allais-je me débrouiller pour que Zach la porte sur lui sans qu'il s'en rende compte ? Dans la mesure en plus où il semblait ne pas avoir envie de me parler en ce moment.

Et comment quelques herbes sèches allaient protéger qui que ce soit du courroux de Tory ?

— Combien je vous dois ? ai-je demandé.

La femme a éclaté de rire.

— Rien du tout ! C'est un plaisir pour moi de vous aider. Au fait, je m'appelle Lisa.

— Jade, ai-je dit en lui tendant la main. Mais vous allez faire faillite si vous continuez à m'offrir toutes ces choses. Vous m'avez déjà donné ça.

J'ai posé la main sur le pentacle.

— Vous vous souvenez ?

Lisa a souri.

— Oui, je me souviens. Continuez de le porter et revenez me voir dans quelques jours pour me dire comment ça s'est passé.

— D'accord. Et merci encore.

— Et n'oubliez pas, Jade ! a lancé Lisa tandis que je chargeais mon sac sur mes épaules. Aimez votre don. N'en ayez pas peur. Il fait partie de vous.

J'ai hoché la tête et je suis sortie en la remerciant une dernière fois. Une petite voix en moi ne pouvait toutefois s'empêcher de me dire que tout ça était ridicule. Aimer mon don ? Lisa ne devait sans doute pas faire allusion au don que mon arrière-arrière-arrière-grand-mère m'avait légué… ou nous avait légué, comme le croyait Tory. Ce don qu'*elle* ne redoutait pas d'utiliser, quel qu'il soit. Ce don de la magie.

Mais au fait ? Lisa était-elle au courant de l'existence de Branwen, et de son don ?

Est-ce que je possédais vraiment ce pouvoir dont elle avait parlé ?

Et est-ce que c'était moi qui étais responsable de ma malchance, en ayant peur de mon don et en refusant de l'accepter ?

Il n'y avait qu'une seule façon de le savoir.

16.

Je sais que je joue de malchance – et que je suis peut-être l'unique responsable de mes malheurs –, mais je ne suis pas idiote : jamais l'idée de raconter aux parents de Tory que leur fille se droguait ne m'avait traversé l'esprit. J'avais déjà assez de mal à m'intégrer à Chapman – entre le rat mort suspendu à mon casier et la rumeur selon laquelle un psychopathe m'avait harcelée –, je n'allais pas en plus me laisser traiter d'indic.

Bref, je n'y étais pour rien dans le renvoi de Shawn.

Quand, lundi matin, le bruit a couru que le principal fouillait les casiers des élèves, je n'y ai pas prêté attention.

Mais quand, pendant le cours d'histoire (on est ensemble Tory, Shawn et moi, mais Tory était absente car elle avait rendez-vous chez son thérapeute et son médecin), le principal a frappé à la porte et a demandé à voir Shawn Kettering, j'ai su que ce n'était pas bon signe.

La nouvelle était sur toutes les lèvres à l'heure du déjeuner : Shawn avait été renvoyé. Exclu. Viré.

— Eh bien, tant mieux, a déclaré Chanelle tout en déchirant le papier d'emballage de son gâteau. Comme ça, Robert aura plus de mal à en trouver. De l'herbe, je veux dire. Oh, bien sûr, il peut toujours aller traîner du côté de Washington Square, sauf que la moitié des dealers sont des flics en civil. Et si vous voulez mon avis, il ne s'y risquera pas. S'il se fait prendre, ses parents l'envoient directement en pension. Pour une fois, il ne sera pas raide pour le bal du lycée. Ça nous changera.

— Quoi ? a fait Robert. Je ne vais pas pouvoir fumer un joint avant d'aller au bal ? Hé, mais c'est pas cool.

— Remets-toi, mon vieux ! a lancé Chanelle. Ça te fera du bien de voir comment on vit, nous autres !

— Mmmm... Pas sûr quand je vois comment vos vies craignent !

Je riais devant le « malheur » de Robert quand une voix grave a dit, à côté de moi :

— Rira bien qui rira le dernier, moucharde.

J'ai failli avaler de travers mon aile de poulet. Une fois remise, j'ai levé les yeux : Gretchen et Lindsey me toisaient d'un air mauvais.

— Tu dois être contente de toi, non ? a continué Gretchen. Apparemment, ça ne te suffisait pas de piquer Zach sous le nez de Torrance. Il a fallu en plus que tu te débrouilles pour que Shawn se fasse virer.

J'ai regardé les deux filles fixement.

— Je n'ai piqué Zach à personne, ai-je rétorqué. On ne sort pas ensemble. Et je ne sais pas de quoi tu parles en ce qui concerne Shawn. Ce n'est pas moi qui l'ai dénoncé.

— C'est ça, oui, a fait Lindsey. Tu es bien la fille d'une femme pasteur, non ? Évidemment que c'est toi.

— Ce n'est pas vrai !

— Pas à nous, s'il te plaît, *moucharde*, a répété Gretchen.

Là-dessus, elles se sont éloignées, leurs plateaux dans les mains, et sont allées s'installer à l'autre bout de la cafétéria.

Quand je me suis retournée, bouleversée, vers

la table, Chanelle m'a adressé un regard plein de sympathie.

— Ne t'inquiète pas, Jade, a-t-elle dit. Et ne laisse pas ces deux sorcières te harceler. On sait bien que ce n'est pas toi. Et même si tu l'avais fait, qui pourrait t'en vouloir après ce qui est arrivé à Torrance ?

Évidemment, la nouvelle de la tentative de suicide de Tory avait vite fait le tour du lycée, même si je n'en avais soufflé mot à personne.

— Ce n'est *pas* moi ! ai-je répété vivement.

— Laisse tomber, a dit Robert. Personne ne prend ces deux imbéciles au sérieux.

Il se trompait, cependant. Ou alors Gretchen et Lindsey n'étaient pas les seules à faire courir le bruit que c'était moi qui avais dénoncé Shawn. Car partout où j'allais, les gens murmuraient sur mon passage puis se taisaient brusquement quand je regardais dans leur direction. Quand je suis allée en EPS, je n'en pouvais plus.

Mais il n'y avait qu'une seule personne, à Chapman, dont la réaction à ce qui était arrivé à Shawn m'importait. Sauf que cette personne m'évitait comme la peste depuis samedi soir.

Après qu'il était parti brusquement de chez les Gardiner, je n'avais pas eu l'occasion d'échanger un seul mot avec Zach, et encore moins de glisser les herbes sèches de Lisa dans son sac à dos.

Comment pouvais-je lui en vouloir ? Entre mes problèmes avec Tory, cette histoire de sorcière – et à présent, *ça* –, je devais sans doute lui donner l'impression d'être la personne qui craignait le plus sur Terre.

Mr. Winthrop, le prof, avait organisé une nouvelle partie de base-ball, et nous avait évidemment mis, Zach et moi, ensemble. Il lui arrivait parfois, dans ses rares moments de bonne humeur, de trouver très drôle de choisir comme capitaine d'équipe quelqu'un d'absolument pas sportif, en l'occurrence, moi. La première personne que j'ai prise dans mon équipe a bien sûr été Zach. Après tout, c'était le seul moyen pour que je puisse lui parler.

En fait, c'est lui qui m'a adressé la parole en premier. Pendant qu'on attendait notre tour à la batte.

— Alors, cousine Jade de l'Iowa, a-t-il dit. Tu ne mentais pas quand tu disais que tu jouais systématiquement de malchance. On raconte que tu es une moucharde, maintenant ?

J'ai failli éclater en sanglots. Sérieux.

— Ce n'est pas moi ! me suis-je exclamée, si

fort que tous les autres membres de notre équipe se sont retournés vers moi.

Zach m'a souri gentiment.

— Calme-toi, Jade. Je sais que ce n'est pas toi. Mais c'est intéressant que ce soit le bruit qui court, tu ne trouves pas ?

— Si, ai-je répondu avec un haussement d'épaules. Puisque c'est ma cousine, que je suis nouvelle ici, et que ma mère est…

— Pasteur. Oui, c'est vrai. C'est ce qu'on dit aussi. Alors, qu'est-ce que tu vas faire ?

J'ai haussé à nouveau les épaules.

— Qu'est-ce que je *peux* faire ?

— Aller au bal du lycée avec moi, a répondu Zach.

J'ai écarquillé les yeux.

— Tu plaisantes ou quoi ? Ça ne fera qu'aggraver la situation. Gretchen et Lindsey racontent déjà que…

— Justement, m'a coupée Zach. Gretchen et Lindsey sont celles qui jettent de l'huile sur le feu. Et pourquoi le font-elles, à ton avis ?

Parce que je refuse de rejoindre la société secrète de Tory et de les aider à devenir les sorcières les plus puissantes de la côte Est. Sauf que je ne pouvais pas répondre ça. Du coup, j'ai dit à la place :

— Parce qu'elles me détestent.

— Exact. Et pourquoi te détestent-elles ? Parce que Tory leur a dit de te détester.

J'ai secoué la tête. Je ne comprenais pas.

— Es-tu en train d'insinuer que Tory leur a dit que c'était moi qui avais dénoncé Shawn ?

Non, jamais Tory ne ferait *ça*. Simuler une tentative de suicide, oui, étant donné qu'elle aimait tellement dramatiser. Mais faire courir un bruit qu'elle savait faux ?

En même temps…

— Je ne sais pas, Zach, ai-je fini par dire. Je ne pense pas que Tory aille jusque-là.

— Si tu le dis. En attendant, l'invitation est… toujours valable.

— L'invitation à aller au *bal du lycée* ? ai-je répété en montant brusquement dans les aigus.

— Oui, a répondu Zach, l'air amusé, sans doute à cause de ma voix. Celle-là.

En vérité, même si je lui avais déjà expliqué pourquoi je ne pouvais pas l'accompagner au bal du lycée, ça me faisait mal encore… plus mal que la suggestion que j'avais faite aux parents de Tory de retourner à Hancock.

Pourtant, je savais au fond de moi que je ne pouvais pas accepter une invitation qu'il regretterait. Ce n'était pas juste. Et puis, personne n'a envie d'être associé à une soi-disant moucharde – pas même quelqu'un d'aussi formidable que Zach.

— Emmène quelqu'un d'autre, Zach, ai-je répondu. Franchement. Ça ne me gêne pas du tout.

Non, ça me plongeait seulement dans le plus profond désespoir. Mais je n'en ai rien dit, évidemment.

À ma grande surprise, au lieu d'insister, Zach a déclaré :

— Tu as bien Tyler, en histoire ?

J'ai hoché la tête en fronçant les sourcils.

— Est-ce qu'il a déjà vu avec vous les différentes formes de gouvernement ?

— Oui, ai-je répondu.

Quel rapport avec le bal du lycée ?

— Et est-ce qu'il vous a parlé de la politique du laisser-faire ? Quand les gouvernements laissent les choses aller à leur rythme ?

— Tu veux dire quand le gouvernement s'abstient d'interférer avec le marché libre ?

— Oui. Eh bien, disons que j'ai toujours eu

cette approche-là avec Tory. J'ai laissé faire. Tant qu'elle ne m'embêtait pas, je ne l'embêtais pas. Tu comprends ? Ça fait un moment que je la soupçonne d'avoir le béguin pour moi, mais…

— Mais tu aimes Petra, ai-je dit. Et tant que tu entretenais une relation amicale avec Tory, tu avais un prétexte pour voir Petra.

Zach a semblé hésiter.

— Eh bien… oui, en gros, c'est ça. Enfin, ça a été ça pendant un moment. Mais je n'ai plus l'intention de laisser faire Tory… ou qui que ce soit, d'ailleurs. Je pense qu'il est temps que je m'affirme.

— Mais Zach, ai-je dit timidement, si on va au bal tous les deux, et que Tory ne le supporte pas et que… je doive retourner chez moi, à Hancock, tu n'auras plus de raisons de voir Petra. Tory n'est pas du genre à pardonner, tu le sais.

— Oui. Et c'est ce que j'essaie de te dire. Je suis prêt à faire le sacrifice.

Je l'ai observé avec curiosité.

— Pourquoi ? Pourquoi ferais-tu ça ? Tu n'aimes plus Petra ?

Zach a alors eu une drôle d'expression, mi-frustrée, mi-amusée. Il a ouvert la bouche pour répondre mais Mr. Winthrop a lancé au même moment :

— Rosen ! À ton tour !

Zach m'a adressé un sourire, de l'air de dire « Désolé », et s'est levé pour prendre la batte.

Je suis restée sur le banc, perplexe. Comment Zach pouvait-il laisser entendre une chose pareille ? Ses sentiments pour Petra avaient-ils changé ? Est-ce que l'arrivée imminente de Willem et la joie manifeste de Petra lui avaient fait prendre conscience qu'il n'avait aucune chance ?

Que se passait-il ?

Je n'ai malheureusement pas eu l'occasion de lui demander car un peu plus tard, au cours de la partie, quelqu'un a envoyé la balle dans ma direction et je n'ai pas eu le temps de l'esquiver (ce qui est assez typique de moi, si on y réfléchit bien), et le prof m'a renvoyée dans les vestiaires après s'être assuré que je n'avais rien de grave.

Si les sentiments de Zach pour Petra étaient de l'histoire ancienne, j'ai découvert en rentrant le soir que les sentiments de Tory aussi avaient changé. En tout cas, son animosité à mon égard.

Je travaillais mon violon dans ma chambre quand j'ai entendu quelqu'un frapper.

— Entrez, ai-je dit en posant mon violon.

Ce devait être important dans la mesure où j'avais bien expliqué à Teddy et à Alice que, pendant mes longues heures de pratique, je ne devais être dérangée sous aucun prétexte, même s'il était arrivé un malheur à… *Bob l'Éponge.*

Quand j'ai vu Tory dans l'encadrement de la porte, ça ne m'a finalement pas tant étonnée que ça. Teddy et Alice avaient bien compris les consignes.

— Salut, a-t-elle dit en refermant la porte derrière elle. Tu as une minute ?

Je l'ai dévisagée. Il y avait quelque chose de… différent en elle. De très différent. J'ai mis un moment à trouver.

Et puis, le déclic s'est fait : elle n'était pas habillée en noir. Elle portait un jean – un jean normal et pas un de ceux sur lesquels elle avait dessiné au marker noir des croix de vie et des pentacles.

Et elle n'était pas maquillée. Jolie comme elle l'était, elle n'avait vraiment pas besoin de tout cet eye-liner et ce mascara qu'elle se mettait d'habitude. En fait, je trouvais qu'elle était plus jolie, comme ça. Naturelle.

La dernière chose qui m'a frappée, c'est son

regard. Il n'exprimait plus aucune haine. Au contraire, même. On aurait dit que Tory avait l'air contente de me voir.

— Je suis venue m'excuser, a-t-elle dit. De t'avoir traitée comme je l'ai fait depuis ton arrivée.

J'ai failli tomber à la renverse.

— Je sais que j'ai pas mal déconné, ces derniers temps, a poursuivi Tory. Je ne comprends pas ce qui m'a pris. Peut-être que ça faisait trop d'un seul coup. Entre la pression au bahut, Zach et cette histoire de sorcières. Résultat, j'ai fini par m'en prendre à toi. Ce qui n'est pas juste, je m'en rends compte maintenant. Mon thérapeute, tu sais, celui que je vois en ce moment, m'a vraiment aidée à faire la part des choses. Aussi, je voulais te dire que je suis désolée de m'être comportée de la sorte, et je voulais aussi te remercier pour l'autre soir, pour… la drogue. Je sais que tu te faisais du souci pour moi. J'ai tellement de chance d'avoir autant de gens autour de moi pour qui je compte. Je le comprends à présent. Alors… merci, Jade… Si tu es d'accord, j'aimerais beaucoup que tu me donnes une nouvelle chance.

Je ne l'avais pas quittée des yeux pendant tout

son discours. J'avais déjà entendu parler des miracles de la thérapie, mais à ce point !

— Je...

Les mots me manquaient. J'étais si contente d'avoir retrouvé l'ancienne Tory – celle d'il y a cinq ans. Si elle était, bien sûr, sincère.

— Oh, Tory ! ai-je repris. Tu penses vraiment ce que tu dis ?

— Évidemment, a-t-elle répondu en souriant.

Même ses cheveux n'étaient pas les mêmes. Elle les avait relevés en chignon, ce qui dégageait ses yeux et lui donnait un air presque... presque BCBG, en fait. Et elle semblait également heureuse, pour une fois.

— Je ne veux plus jouer aux sorcières non plus, a-t-elle déclaré. Cette histoire que Grand-mère racontait, cette Branwen, c'était... idiot. Tout comme cette poupée que j'ai confectionnée.

Un frisson l'a parcourue.

— Mon dieu ! Je n'arrive pas à croire que j'ai pu faire une chose pareille ! J'ai honte, si tu savais ! J'ai jeté la poupée à la poubelle, comme tu m'as conseillé de le faire. Et j'aimerais vraiment qu'on soit amies, Jade. Tu crois que c'est possible ?

— Bien sûr que c'est possible, ai-je répondu.

Quelque chose, toutefois, me tracassait.

— Et… Shawn ? ai-je dit.

— Shawn ? a répété Tory avec surprise, avant d'éclater de rire. Oh, Shawn ! J'ai appris ce qui lui était arrivé. Je n'en reviens pas que quelqu'un ait pu le dénoncer. Mais il s'en sortira. Il paraît que son père avait un piston pour l'inscrire à Spencer. Cela dit, le Dr. Kettering a mis sous clé toutes ses ordonnances !

— Tes amies… Gretchen et Lindsey… pensent que c'est moi qui l'ai dénoncé. À vrai dire, tout le lycée le pense.

— C'est vrai ? a fait Tory en secouant la tête. Mais c'est complètement idiot. Évidemment que ce n'est pas toi, je le sais bien. Ma pauvre Jade, tu n'as vraiment pas de chance. Et tu n'en as jamais eu. En fait, je crois que c'est ce que j'aime le plus chez toi. C'est tellement facile de deviner comment tu vas réagir.

Je l'ai observée soigneusement. Elle semblait sincère. Elle semblait vraiment être redevenue l'ancienne Tory.

L'instant d'après, je m'avançais vers elle et on tombait dans les bras l'une de l'autre. J'étais si heureuse que j'en avais presque les larmes aux yeux. J'avais retrouvé ma Tory d'avant !

— Oh, Jade ! a-t-elle dit. Je suis tellement contente que tu m'aies pardonnée.

— Tory, voyons. Tu sais bien que je te pardonnerais toujours. C'est à ça que servent les cousines, non ? Mais… tu es vraiment sûre que… par rapport à la drogue…

— Jade, c'est fini, ça aussi. Ne te fais plus de soucis pour moi. Promis ? Je vais bien. J'espère juste que… que tu ne m'en veux plus. Pas pour cette histoire de sorcières, mais pour Zach. C'est de l'histoire ancienne, tu peux me croire. Et ça ne m'embête pas du tout que vous sortiez ensemble. En fait, je trouve que vous formez un très joli couple. Vous serez adorables au bal du lycée.

— Merci, ai-je répondu, mal à l'aise. Mais, comme je te l'ai déjà dit plein de fois, on ne sort pas ensemble. Et je n'irai certainement pas au bal du lycée avec lui.

— Mais pourquoi ? a-t-elle demandé, étonnée. Il ne te l'a pas proposé ? Bizarre. Vous êtes tellement proches, l'un et l'autre, même si vous n'êtes que des amis. J'étais persuadée qu'il t'avait demandé de l'accompagner.

— Eh bien, il l'a fait, mais j'ai refusé. Ça ne me semblait pas…

— Oh, Jade ! s'est écriée Tory en me serrant

à nouveau dans ses bras. Vous devez y aller ensemble ! C'est obligatoire. Et puis, ça ne sera pas pareil si tu n'es pas là.

— Si je ne suis pas là ? ai-je répété. Parce que *toi*, tu y vas ? Mais je pensais que…

— Évidemment que j'y vais. Mais sans Shawn, bien sûr, puisqu'il n'a plus le droit de mettre un pied dans l'enceinte du lycée. À vrai dire, je pensais y aller seule. Des tas de filles le font. Et qui sait ? Je rencontrerai peut-être quelqu'un… Quelqu'un qui voudra être plus que mon ami… avec les à-côtés ? Si tu vois ce que je veux dire ? a-t-elle ajouté, avec un clin d'œil.

— C'est une excellente idée, ai-je répondu, persuadée que c'était exactement ce qu'il fallait à Tory – un nouveau départ, surtout en ce qui concernait les garçons. Mais attends ? Pourquoi on n'irait pas ensemble, toi et moi ? On pourrait se chercher tous les deux un garçon…

— Et tu laisserais ce pauvre Zach tout seul ? Oh, non, a fait Tory. Ce ne serait pas juste. Tu *dois* y aller avec Zach, Jade. Il le faut. Si tu n'y allais pas, j'aurais l'impression que… que c'est ma faute.

— Eh bien…, ai-je commencé en hésitant.

Tory a plaqué sa main sur sa bouche.

— Oh, non ! C'est à cause de moi ? Oh, Jade, je me sens tellement mal ! Je ne veux pas que mes stupides problèmes affectent les autres. Jade, tu dois aller au bal avec Zach !

— Mais je lui ai déjà dit que je n'irais pas.

— Tu n'as qu'à l'appeler pour lui dire que tu as changé d'avis. Je suis sûre qu'il sera toujours d'accord pour que vous y alliez ensemble.

— Je… je ne sais pas, ai-je dit. Peut-être. Mais…

— Appelle-le, a-t-elle décidé en s'emparant du téléphone. Appelle-le tout de suite et dis-lui que tu as changé d'avis.

— Ce n'est pas si facile, Tory, ai-je répondu en repensant à l'expression du visage de Zach quand je lui avais demandé s'il était toujours amoureux de Petra.

Zach paraissait si… étrange. S'il n'aimait plus Petra, pourquoi traînait-il avec moi ? Il n'avait aucune raison.

— On n'est sûr de rien tant qu'on n'a pas essayé, a dit Tory en me tendant le téléphone.

J'ai baissé les yeux sur le combiné. Tory avait raison. Et qu'est-ce que je risquais, après tout ?

Zach a décroché à la seconde sonnerie.

— Zach ? ai-je dit. C'est moi, Jade.

— Ah, enfin ! a-t-il répondu.

À ma grande surprise – et à ma grande joie –, il semblait heureux de m'entendre.

— Comment va ta tête ? Je t'ai cherchée après les cours, mais tu étais déjà partie.

— Euh… Ça va mieux.

— Bien. Et ta cousine ? Est-ce qu'elle…

— Tory va super bien ! l'ai-je interrompu en souriant à Tory.

Elle m'a rendu mon sourire et m'a fait le signe de la victoire.

— En fait, c'est un peu pour ça que je t'appelle, ai-je poursuivi. Je voulais te parler du bal du lycée. Comme Tory va beaucoup mieux, elle dit que ça l'embêterait beaucoup qu'on n'aille pas au bal tous les deux à cause d'elle.

— Oh ? a fait Zach. Elle a dit ça ?

— Oui. Du coup, je me demandais si tu voulais toujours y aller.

Ma main transpirait tellement que j'ai dû changer le combiné d'oreille pour l'essuyer sur mon jean.

— Avec moi, je veux dire, ai-je ajouté.

— Jade ? a demandé Zach.

— Oui ?

— Est-ce que Tory est avec toi en ce moment ?

— Oui, ai-je répondu en évitant de croiser le regard de Tory.

— Tu ne penses pas qu'elle te tend un piège, dis ?

— Quoi ? ai-je fait. Oh, non, Zach ! Non, pas du tout. Tory va au bal aussi… mais seule, évidemment, vu ce qui est arrivé à Shawn. Et elle dit qu'elle se sentirait vraiment mal si on n'y allait pas.

Je me suis éclairci la gorge. C'était tellement étrange ! Finalement, ce qu'essayait de me dire Zach quand on attendait notre tour à la batte était vrai : il n'aimait plus Petra. Pourquoi dans ce cas insistait-il autant pour qu'on fasse des choses ensemble ?

— Tu sais, ça ne me pose aucun problème, si tu as déjà trouvé quelqu'un d'autre, me suis-je empressée d'ajouter. Je te posais la question, juste au cas où… Mais si tu as décidé d'y aller avec une autre fille, je comprends…

— Ce n'est pas ça, a dit Zach. Mais est-ce que tu crois vraiment que…

— Jade, a appelé Tory.

J'ai tourné la tête. Tory tendait la main en avant.

— Laisse-moi lui parler.

Sans prendre le temps de réfléchir à ce que je faisais, je lui ai tendu l'appareil.

— Zach ? s'est écriée alors Tory dans le combiné, de la voix la plus animée que je lui avais jamais entendue. C'est moi, Torrance. Écoute, je sais que ça doit te paraître soudain, mais je suis vraiment reconnaissante à Jade de ce qu'elle a fait pour moi. Je voudrais qu'elle sache à quel point je suis désolée de l'avoir traitée comme je l'ai fait depuis son arrivée et… Quoi ? Oui, bien sûr, je l'ai déjà fait. Et Jade semble être prête à vouloir me laisser une seconde chance. Je me demandais si… toi aussi.

Tory s'est tue tout en écoutant Zach, puis un large sourire a éclairci son visage.

— Génial ! s'est-elle exclamée. Merci, Zach. Tu ne le regretteras pas. Oui, je te la passe.

Là-dessus, elle m'a retendu le téléphone.

— *Il a dit oui*, a-t-elle articulé en silence.

Formidable !

— Zach ? C'est moi.

— Écoute, Jade, soit ta cousine est complètement maniaco-dépressive, soit elle prépare un mauvais coup, a-t-il déclaré. Mais comme je ne vois pas comment on peut prouver l'une ou l'autre de ces deux propositions, je lui ai dit qu'on irait au bal tous les deux. Au moins, on sera ensemble pour la surveiller. Sans compter que je ne vois pas très bien ce qu'elle peut faire pendant le bal.

— C'est vrai, ai-je dit tout en jetant un coup d'œil nerveux à Tory.

Pourvu qu'elle n'ait pas entendu. Mais elle regardait la partition sur mon pupitre et ne semblait pas prêter attention à ma conversation avec Zach.

— Ça me paraît bien, ai-je poursuivi.

J'aurais tellement aimé lui demander ce qu'il avait voulu dire au sujet de Petra, mais avec Tory dans la pièce, c'était impossible.

— Elle est toujours là ? a-t-il dit.

— Oui.

— Écoute, je te parlerai demain au lycée. D'accord ?

— O.K., ai-je répondu, soulagée.

Soulagée, parce que je n'allais finalement pas aborder la question de Petra. Et soulagée, aussi, parce qu'une partie de moi n'avait pas vraiment envie de savoir.

— Salut, Zach !

— Salut !

Et il a raccroché.

— Et voilà, ai-je dit en raccrochant à mon tour. C'est fait.

— Il est d'accord, alors ? a demandé Tory.

— Oui.

— Youpi ! s'est-elle exclamée en frappant dans ses mains tout en sautillant sur place.

Elle ressemblait tellement à ce moment-là à l'ancienne Tory – la Tory avec qui j'avais passé de super vacances il y a cinq ans – qu'il me paraissait impossible que Zach ait raison. À tous les coups, c'était le style blasé des jeunes New-Yorkais qui le faisait parler ainsi. Tory semblait vraiment avoir compris la leçon et changé.

En même temps, je n'arrêtais pas de repenser à ce qu'elle avait dit un peu avant : qu'elle avait jeté la poupée de Zach à la poubelle. L'avait-elle vraiment fait ?

Attention, je ne dis pas que je ne croyais pas à sa transformation, mais bon, on ne sait jamais.

Mais je n'arrivais pas à m'ôter de l'esprit le regard qu'elle m'avait lancé en rentrant de l'hôpital, quand elle était montée dans sa chambre. C'était formidable qu'elle ait recouvré ses esprits, formidable qu'elle ait renoncé à cette histoire de sorcières, mais si ce n'était pas vrai ? Si tout ça n'était qu'un simulacre ?

Je dois avouer que je n'étais pas particulièrement fière de penser ça. Après tout, Tory semblait véritablement prendre un nouveau départ dans sa vie. Elle m'avait même demandé si elle pouvait rester pendant que je travaillais mon violon et m'écouter jouer. J'avais accepté, bien sûr. J'étais trop flattée pour refuser.

Et quand elle a suggéré qu'on descende à la cuisine et qu'on se prépare des coupes de glace avant de s'installer devant la télé pour regarder de vieux épisodes de *The Real World,* j'ai accepté aussi.

Mais plus tard dans la soirée, après dîner – l'un des dîners les plus agréables depuis mon arrivée chez les Gardiner, Tory bavardant gaiement au lieu de lâcher des commentaires sarcastiques à chaque réflexion des uns et des autres –, je suis sortie discrètement pour jeter un coup d'œil aux poubelles.

Je n'ai pas mis longtemps à la trouver.

La poupée de Zach était dans un sac *I ♡ New York.*

Tory l'avait donc bien jetée.

Ce qui prouvait qu'elle avait changé.

Pourtant, même si elle m'avait assuré qu'elle ne

voulait plus jouer aux sorcières, j'ai emporté le sac avec la poupée à l'intérieur. Non pas parce que je ne faisais pas confiance à Tory, mais parce que – qu'elle possède le don ou pas, – la poupée avait des cheveux qui appartenaient à Zach.

Et je ne voulais pas les abandonner dans une décharge quelconque de Staten Island.

Une fois dans ma chambre, j'ai sorti la poupée du sac. Jamais je n'avais vu une poupée aussi mal faite. Mais bon, elle était censée représenter Zach. Je pourrais peut-être la lui donner un jour, après lui avoir fait jurer de ne révéler à personne où je l'avais trouvée. Ce serait drôle.

Plus tard, alors que je commençais à m'endormir, une pensée m'a brusquement traversé l'esprit. C'était idiot, mais je me suis quand même levée et je suis allée chercher la poupée là où je l'avais cachée.

Tout comme je l'avais soupçonné, Tory n'avait pas retiré ses cheveux : ils se mélangeaient toujours à ceux de Zach.

C'était sans doute la chose la plus stupide qui soit, mais je savais que je ne parviendrais jamais à trouver le sommeil si je ne le faisais pas : et c'est comme ça que je me suis retrouvée à retirer soigneusement chaque cheveu de Tory, que j'ai jetés dans les toilettes, pour ne laisser sur la tête de la poupée que les cheveux de Zach.

J'ai rangé ensuite la poupée et je me suis recouchée.

Je me suis endormie comme une souche.

Je crois même que jamais je n'avais aussi bien dormi depuis mon arrivée à New York.

Qui sait si Lisa n'avait pas raison ?

Tout finirait peut-être par bien se passer ?

17.

Willem est arrivé le mercredi, chargé de cadeaux – un petit accordéon pour Alice, un vrai ballon de foot pour Teddy, du parfum pour Tory, de l'herbe à chats pour Mouche, une petite figurine représentant une jeune fille jouant du violon pour moi et surtout la bonne humeur et la joie de vivre.

Il était, évidemment, d'une beauté époustouflante, ce qui ne m'étonnait pas de Petra. Je ne l'imaginais guère amoureuse d'un garçon qui aurait été morne et sans intérêt. Plus grand que Zach, Willem avait les cheveux blonds, les yeux bleus et le sourire facile. Il était si séduisant que j'avais même surpris tante Evelyn confier à ma mère, un jour qu'elle était au téléphone avec elle :

— Il est formidable ! Ah, si je n'avais pas l'âge que j'ai !

Quant à Petra, elle était sur un petit nuage.

— Il dort sur le canapé, expliqua-t-elle à Teddy et à Alice quand les enfants lui demandèrent où il dormait.

Il y avait effectivement un oreiller et une couverture sur le canapé du petit appartement qu'elle occupait au sous-sol de la maison, mais tous les matins, quand elle arrivait dans la cuisine, ses joues portaient encore la trace de la barbe de Willem.

Comment allais-je annoncer à Zach que la visite de Willem se déroulait à merveille ? Encore fallait-il qu'il s'en soucie. Depuis cette fameuse conversation sur le terrain de base-ball, quand il m'avait expliqué qu'il envisageait d'adopter une politique de laisser-faire à l'égard de Tory, et que cette politique devait avoir un certain impact sur sa relation avec Petra, j'avais l'impression que ce n'était jamais le bon moment.

Sans compter que, Tory semblant à présent tout à fait accepter qu'on soit amis, lui et moi, Zach venait quasiment tous les jours pour jouer avec Teddy ou juste bavarder avec moi dans la cuisine. J'en avais évidemment profité pour glisser dans son sac à dos le petit sachet d'herbes séchées que m'avait donné Lisa. Je ne mettais pas en doute la parole de Tory, quand elle m'avait assuré avoir renoncé à la sorcellerie, je pensais plutôt à Gretchen et à Lindsey. Chaque fois qu'elles me croisaient à la cafétéria, elles me jetaient un regard de travers, surtout maintenant que Tory avait également présenté ses excuses à Chanelle, et recommençait à manger avec nous.

Je sais que j'aurais dû demander directement à Zach s'il était encore amoureux de Petra, mais dès que je m'apprêtais à le faire, mon estomac se nouait.

Du coup, je ne disais rien. Et Zach, de son côté, n'en parlait pas non plus. En même temps, qui sait s'il évitait d'aborder le sujet parce qu'il ne pouvait pas ne pas voir à quel point Petra était heureuse et comme elle formait un joli couple avec Willem ?

Mais c'est vrai aussi que je n'avais pas beaucoup le temps de réfléchir à la vie amoureuse de Petra. La date du bal approchait et on ne savait toujours pas, Chanelle, Tory et moi, comment nous habiller.

— Tu dois porter du noir, a déclaré Chanelle.

— Oui, tout le monde est en noir. C'est la tradition.

— Jamais ma mère n'acceptera que je me mette en noir, ai-je répondu.

Mes parents, qui avaient entendu parler du bal – mais pas de la tentative de suicide de Tory (comme tante Evelyn avait dit : « Si Charlotte apprend ce qui s'est passé, elle te fait revenir immédiatement à Hancock. C'est pourquoi je pense qu'il vaut mieux ne rien lui dire ») – m'avaient envoyé cinquante dollars pour que je m'achète une robe. Si je voulais en tirer le maximum de profit, il n'y avait qu'une seule boutique pour ça : H&M, sur la Cinquième Avenue.

— Tu ne peux pas porter une robe de chez H&M pour le bal du lycée ! s'est exclamée Tory quand je lui ai fait part de mon idée. Ça se verra tout de suite !

— Où veux-tu que j'aille avec cinquante dollars ?

— Laisse-moi faire.

Et le soir même, elle est rentrée de chez son psy, un sac de Betsey Johnson à la main.

— Il y a une boutique juste à côté de chez le Dr Lippman, a lancé Tory tout en sortant une longue robe du soir. Je l'ai vue dans la vitrine et j'ai immédiatement pensé à toi. Je suis sûre qu'elle va t'aller parfaitement. Et ne t'inquiète pas, elle était en solde. Bon, d'accord, elle a coûté plus de cinquante dollars, mais je te promets, c'est une affaire. Je tiens à payer la différence. Ce sera mon petit cadeau pour te remercier de m'avoir sauvé la vie.

J'ai contemplé la robe. Elle était magnifique, mais…

— Elle est noire, ai-je dit.

— Je sais bien, a rétorqué Tory, avec un soupçon de son ancien agacement dans la voix. Mais regarde-la bien. Elle est faite pour toi. Avec ta peau blanche et tes cheveux roux…

— Oui…, mais si ma mère me voit, elle me tue, ai-je insisté. Elle dit que je suis trop jeune pour porter du noir. Et vu que ta mère lui enverra des photos…

— Tu n'as qu'à rappeler à ta mère qu'on est au XXIe siècle, au cas où elle l'aurait oublié ! a plaisanté Tory. Et qu'on est à Manhattan, pas à Hancock. Aucune fille ne se met en rose pour aller au bal de son lycée.

J'ai fait courir mes doigts sur la robe. Évidemment, je mourais d'envie de la porter. Décolletée, avec de fines bretelles, elle était composée de deux pièces de tissu cousues ensemble de biais.

Le long de l'ourlet, de minuscules perles noires chatoyaient et tintaient au moindre mouvement.

Elle était magnifique.

Mais elle n'était manifestement pas faite pour moi.

— Essaie-la, a dit Tory.

Dès que je l'enfilerais, je ne pourrais plus l'ôter, je le savais.

— Non, il ne vaut mieux pas, ai-je répondu. Mets-la, toi, le soir du bal. Tu seras superbe.

— J'ai déjà une robe dans laquelle je suis superbe, a rétorqué Tory. Essaie-la, s'il te plaît. Ça ne peut pas te faire de mal.

Acceptez ce qui vous fait peur.

Tory avait raison. Ça ne pouvait pas me faire de mal de l'essayer.

Je l'ai enfilée.

Et comme je m'en doutais, j'ai su tout de suite qu'il me fallait cette robe. Elle m'allait parfaitement, dégageait mes bras et mon dos, et bien plus de ma poitrine que n'importe quel vêtement que j'avais déjà porté, à l'exception de mon maillot de bain, bien sûr.

Avec cette robe, je n'avais plus l'air…

— Tu n'as plus l'air d'une fille de pasteur ! s'est exclamée Tory, comme si elle avait lu dans mes pensées. Et à mon avis, quand Zach te verra, il voudra être plus que ton ami !

Il n'en fallait pas plus pour me décider à garder la robe. Attention, je n'avais rien confié à Tory qui pouvait lui faire penser que j'étais d'accord avec elle. Parce que je ne l'étais pas. Zach ne serait jamais rien d'autre pour moi qu'un ami.

Mais il n'y avait pas de mal à être un peu sexy pour une fois, non ? Maman allait devoir faire avec. À moins que je demande à tante Evelyn de lui dire que son appareil photo était cassé ?

Le matin du bal, tante Evelyn nous a fait la surprise de nous offrir à Tory, Chanelle et moi, une séance dans son salon de beauté préféré : manucure, pédicure, coiffeur et maquillage par de vrais professionnels.

— Vous vous entendez tellement bien toutes les trois, et Tory a fait d'énormes progrès cette semaine.

Tante Evelyn avait presque les larmes aux yeux en parlant. À vrai dire, moi aussi… mais pas pour les mêmes raisons.

Pour la première fois de ma vie, tout se passait bien. Je ne sais pas si Lisa y était pour quelque chose ou si c'était moi, mais j'avais l'impression que la chance avait tourné. Non seulement je m'entendais à merveille avec Tory, mais j'avais une amie aussi, Chanelle, qui avait gracieusement accepté de laisser Tory fréquenter son ancienne bande d'amis tant qu'elle ne lui parlait plus de champignons à aller ramasser sur des pierres tombales. Et j'avais également, si ce n'est un petit ami, un super copain.

C'est Zach en fait qui m'a montré le prospectus. Il l'avait trouvé sur le bureau de la secrétaire du lycée. Il s'agissait d'une demande de bourse pour suivre ses études à Chapman l'année prochaine.

Les élèves qui postulaient devaient avoir la moyenne dans toutes les matières, jouer d'un instrument de musique et prouver que leurs parents n'avaient pas des revenus suffisants pour financer leurs études.

— Tu es la candidate idéale, a-t-il déclaré. À mon avis, c'est dans la poche.

Je n'en étais pas aussi sûre. Ce qui était certain, en revanche, c'est que j'adorais New York. Pas tant le lycée Chapman, dont les élèves me paraissaient bien trop snobs à mon goût – il y en avait encore quelques-uns qui me reprochaient d'être à l'origine de l'expulsion de Shawn –, mais la vie trépidante.

J'étais littéralement folle de la ville. Tout me plaisait : les rues bondées, les vitrines magnifiques des boutiques, les gratte-ciel, le Met, le Carnegie Hall, les restaurants japonais, les bagels. Tout. Et puis, j'étais tellement heureuse chez les Gardiner, surtout à présent que Tory était si gentille avec moi.

Bon d'accord, Stacy me manquait, et ma famille aussi. Mais Hancock ? Non, pas du tout.

Surtout certains aspects de Hancock.

Bref, si j'obtenais cette bourse, je ne serais pas obligée de retourner dans l'Iowa. Tante Evelyn et oncle Ted accepteraient probablement que je vive encore un an chez eux. Bien sûr, mes parents seraient tristes, mais pas Courtney, car elle pourrait encore passer des heures dans la salle de bains sans que je tambourine à la porte.

Par ailleurs, être diplômée de Chapman ne pouvait que m'apporter des points positifs si je voulais déposer un dossier d'inscription à la Julliard School. Après tout, pourquoi je ne tenterais pas la célèbre école de musique de New York ? Avec ma chance qui tournait, on ne sait jamais ?

Oui, Zach avait raison : il y avait bien trop

d'avantages à ce que je reste à Chapman l'année prochaine, sans compter qu'il serait là, lui aussi…

À six heures et demie, le soir du bal – après avoir passé la journée au salon de beauté à me laisser pomponner, maquiller, coiffer (quoique Jake, le patron, ait insisté pour que personne ne touche à mes cheveux. « On ne lui fait rien, à celle-là, avait-il déclaré. Avec des cheveux aussi magnifiques, il est inutile d'intervenir. Je ne veux pas de fer à défriser, surtout pas. Peut-être juste une barrette pour dégager le front, mais c'est tout. Vous m'avez bien entendu ? »), j'attachais la bride de mes sandales quand la sonnette a retenti.

— C'est Zach ! a crié Teddy, toujours le premier à ouvrir la porte.

— Il est arrivé ! Il est arrivé ! m'a annoncé Alice en se précipitant dans ma chambre avant de s'arrêter sur le seuil et de me regarder, bouche bée.

— Tu ressembles à une princesse, Jade !

— C'est vrai ?

J'ai tiré nerveusement sur ma robe tout en m'inspectant dans le miroir en pied de la porte de la salle de bains. Tout à coup, ça me semblait trop – la robe était trop moulante, le décolleté trop profond, le maquillage trop lourd, mes talons trop hauts, et le pentacle à mon poignet… je l'avais gardé, pour qu'il me porte chance, car si j'avais besoin d'avoir de la chance, c'était CE SOIR. Mais j'avais pensé qu'en le mettant à mon poignet, on le verrait moins, surtout que jusqu'à présent, je l'avais dissimulé sous le col de mes tee-shirts ou de mes chemisiers. Mais ce soir, avec un tel décolleté, il aurait été bien trop visible.

— Oh, Jade ! Alice a raison ! s'est exclamée Petra qui venait de rejoindre la fillette. Tu es magnifique !

— La robe ne me serre pas trop ?

— Pas du tout. J'espère que Mrs. Gardiner va trouver son appareil photo !

J'ai prié en silence pour que tante Evelyn ne le trouve pas, justement… d'autant plus que je l'avais caché dans la buanderie.

— Bon, ai-je dit en me dirigeant vers l'escalier. Je crois qu'il est l'heure d'y aller.

Zach, plus séduisant que jamais dans son smoking, bavardait avec oncle Ted, une main dans la poche de son pantalon, l'autre tenant une boîte en plastique avec une fleur à l'intérieur. Il a levé les yeux en entendant Alice glousser.

À ce moment-là, toute mon appréhension s'est

envolée car, quoi qu'il raconte à oncle Ted, il a semblé brusquement ne plus s'en souvenir tandis que sa voix s'estompait et que son regard se posait sur moi. Une fois que je suis arrivée en bas des marches, il n'a pas bougé ; du moins, jusqu'à ce que Teddy, qui se trouvait toujours devant la porte d'entrée, s'écrie :

— Ouah ! Jade ! Tu es super belle !

Zach a paru alors se réveiller.

— Oui… Tu es… tu es…

Je suis restée figée sur place, en proie à la panique. Qu'allait-il dire ? Sûrement pas que j'étais superbe. Ce n'est pas le genre de chose qu'on se dit entre copains.

— Tu es magnifique !

Mais c'était tante Evelyn qui venait de parler. En même temps, je n'ai pas pu m'empêcher de remarquer que Zach ne s'empressait pas de la contredire.

— Oh, Jade ! Comme je regrette de ne pas avoir mon appareil photo ! a continué tante Evelyn en me serrant dans ses bras. Ta mère va me tuer !

— C'est bon, tante Evelyn, ai-je dit. Je suis sûre qu'elle s'en remettra.

J'ai jeté un coup d'œil à Zach. Il souriait.

— Pas moi ! s'est exclamée tante Evelyn.

Elle s'est alors écartée et nous a regardés, Zach et moi. Elle avait les larmes aux yeux.

— Oh… Vous êtes tous les deux tellement…

— Maman, a dit Tory du haut des marches. Ne commence pas à pleurer, s'il te plaît. Sinon, je vais pleurer moi aussi et mon maquillage va couler.

On a tous levé les yeux vers Tory qui descendait l'escalier, toute de blanc vêtue (*n'avait-elle pas dit qu'il fallait porter du noir pour le bal du lycée ?*). Sa robe était, du moins d'après ses critères, presque modeste. Une jupe en tulle blanc comme neige et un corsage de satin, assorti à une paire de gants vénitiens. Si quelqu'un évoquait une princesse, c'était Tory. À côté d'elle, je faisais presque… mauvais genre.

— Tory ! s'est écriée tante Evelyn. Tu es splendide ! Oh, mais où ai-je donc mis mon appareil photo ?

— Prends le mien, maman, a proposé Tory en sortant de son sac – particulièrement volumineux pour une soirée – son appareil numérique.

Super. Après tout le mal que je m'étais donné, ma mère allait quand même avoir une photo. Une photo de moi ressemblant à ce qu'était devenue Tory et de Tory… eh bien, me ressemblant, si je ne m'étais pas laissé tenter par la robe qu'elle m'avait choisie.

Elle avait pourtant dit que tout le monde portait du noir. Pourquoi était-elle en blanc dans ce cas ?

Tante Evelyn a ensuite insisté pour qu'on pose toutes les deux à tour de rôle, puis elle a pris des photos de Zach accrochant à mon corsage la fleur qu'il m'avait apportée – une rose rouge sang –, ce qui était particulièrement gênant dans la mesure où il n'y avait pas beaucoup de tissu, mais juste une bretelle. Heureusement, tante Evelyn l'a aidé car j'ai bien cru défaillir quand il s'est approché si près de moi que je voyais le petit carré de poils qu'il avait oublié de raser, juste au-dessous de son oreille.

Finalement, à sept heures et demie, tante Evelyn et oncle Ted nous ont laissés partir et on a rejoint la limousine, garée devant la maison, avec un ouf de soulagement.

— Promets-moi de me taper si un jour je deviens comme eux, a déclaré Tory, en faisant bouffer le tulle de sa jupe.

Contre le cuir noir de la banquette, on aurait dit un nuage blanc.

— Oh, ils sont adorables ! ai-je dit. C'était un

peu humiliant, je te l'accorde, mais vraiment tes parents sont super.

C'était la première fois que je montais dans une limousine. Quel luxe ! Il y avait même une carafe de whisky dans le mini-bar, installé sur le côté, et quand on appuyait sur un certain bouton, un écran de télévision ultra-plat descendait du toit.

Mais bien sûr, je me suis abstenue de toucher à quoi que ce soit. J'avais trop peur, si je me trompais de bouton, que Zach ne devine que c'était la première fois que je roulais en limousine.

Cela dit, je n'en ai pas vraiment eu le temps car on est arrivés assez vite. Le lycée Chapman n'ayant pas de gymnase, le bal avait lieu dans la salle de réception d'un grand hôtel. Cette année, le Waldorf-Astoria – rien que ça ! –, l'un des plus célèbres hôtels de la Cinquième Avenue.

Lorsqu'on s'est garés, un portier en livrée rouge et or s'est avancé pour nous ouvrir la portière. Tory est descendue la première, je l'ai suivie, puis Zach est sorti en dernier.

Curieusement, Tory ne nous a pas attendus. Dès qu'elle a mis un pied dehors, elle s'est empressée de passer la porte à tambour et a disparu dans le hall.

— Oh, oh ! a fait Zach. Je connais quelqu'un qui a hâte de goûter au punch.

— Oui. J'espère seulement qu'elle ne va pas faire une crise quand elle découvrira qu'il est préparé avec du vrai sucre.

Alors qu'on se dirigeait à notre tour vers la porte à tambour, Zach s'est tourné vers moi et m'a regardée longuement.

— Est-ce que je t'ai dit que tu étais superbe dans cette robe ?

— Non, ai-je répondu en rougissant.

— Eh bien, je te le dis : tu es superbe dans cette robe.

— Merci.

Que se passait-il ? Est-ce que Zach flirtait avec moi ?

— Tu n'es pas mal non plus, ai-je dit à mon tour.

— Je fais ce que je peux, a-t-il répliqué avec un soupir faussement désolé.

On venait à peine d'entrer dans le hall de l'hôtel que Chanelle et Robert, pour une fois alerte, nous ont rejoints.

— Jade ! Tu es magnifique ! s'est exclamée Chanelle. Salut, Zach ! Qu'est-ce que vous avez fait à Tory ? Je l'ai vue filer à toute vitesse sans même nous saluer, Robert et moi. Et c'est quoi, cette robe blanche ? Elle se prend pour la princesse Diana ou quoi ?

— Oui, d'autant plus que vous m'aviez bien dit toutes les deux qu'il fallait se mettre en noir pour le bal du lycée.

— Mais il faut se mettre en noir. La preuve, a dit Chanelle en tournant sur elle-même pour faire admirer sa robe, dont je n'osais même pas imaginer le prix.

— Hé, mec, t'as rien à fumer ? a demandé Robert à Zach.

— Non. Et ça m'étonnerait qu'on te laisse faire ici.

— Je sais. Je posais juste la question. Pour après.

— Est-ce que vous avez vu la salle de bal ? a demandé Chanelle en nous entraînant vers une porte à double battant au-dessus de laquelle on pouvait lire : BAL DU PRINTEMPS DU LYCÉE CHAPMAN. C'est super kitsch. Je ne sais pas à quoi pensait le comité qui s'occupe du bal. En tout cas, vous n'allez pas être déçus. Il y a…

Mais Chanelle n'a pas eu le temps de nous dire ce qu'elle trouvait de si kitsch dans l'installation de la salle de bal du Waldorf-Astoria car Tory s'est tout à coup matérialisée devant nous, suivie d'un garçon blond en smoking.

— Salut tout le monde ! a-t-elle lancé, un large sourire au visage. Je vous présente mon amoureux. Je ne vous ai pas parlé de lui avant, parce que je voulais vous faire la surprise. Mais attends, Jade. Je… je crois que vous vous connaissez.

J'ai alors tourné la tête et j'ai regardé le garçon qui se tenait derrière elle.

Et là, j'ai failli m'évanouir.

18.

Je lui réserve une petite surprise dont elle se souviendra !

Quelle idiote j'étais de ne pas l'avoir vue venir ! De ne pas avoir pensé qu'elle ne parlait pas à la légère !

— Je n'arrive pas à y croire, ai-je murmuré, le visage à moitié enfoncé dans un sac en papier. Non, vraiment, je n'arrive pas à y croire.

— Chut, a fait Chanelle. Arrête de parler et respire.

— Quand je pense qu'elle mentait, ai-je repris en relevant la tête pour regarder Chanelle. Pendant tout ce temps, elle nous a tous menés en bateau. Elle n'avait pas changé du tout. Elle avait dit qu'elle me réservait une surprise...

— Si tu ne respires pas dans cette pochette en papier, tu vas continuer d'hyperventiler.

— O.K., ai-je répondu en replongeant la tête dans le sac.

C'était horrible. Pire qu'horrible. C'était ce qui m'était arrivé de pire dans la vie.

Et étant donné la malchance qui me caractérisait, ça en disait long.

Voyant que je respirais plus régulièrement, Chanelle – qui s'était comportée comme une vraie amie en m'accompagnant tout de suite aux toilettes – a vérifié son maquillage dans le miroir au-dessus des lavabos et a demandé :

— Ça va mieux ?

J'ai acquiescé.

— Bien, a-t-elle dit. Alors, maintenant, raconte. C'est qui ce type ?

J'ai abaissé le sac et, à ma grande surprise, je me suis rendu compte que ma sensation d'oppression était passée. Heureusement que la femme qui tenait les toilettes du Waldorf avait des pochettes en papier !

— Il s'appelle Dylan, ai-je déclaré. C'est… c'est un ami de Hancock.

J'étais incapable d'en dire plus et de révéler le fin mot de l'histoire. C'était trop horrible.

Chanelle a haussé les sourcils.

— C'est tout ? Et tu t'es mise dans cet état-là pour *ça* ?

— Eh bien… je ne m'attendais tellement pas à le voir ici.

Bien que mon cœur batte de nouveau normalement, je n'étais pas encore tout à fait remise de mes émotions. *Qu'est-ce qu'il faisait là ? Et comment avait-il fait pour venir ?*

Mais je connaissais la réponse aux deux questions. Je ne la connaissais que trop bien.

Je lui réserve une petite surprise dont elle se souviendra.

Et quand elle nous a rejointes une minute plus tard, Chanelle et moi, l'air innocent, j'ai dû m'accrocher à mon tabouret pour ne pas fuir en hurlant des toilettes du Waldorf-Astoria.

— Ah, tu es là, Jade ! a lancé Tory, rayonnante dans sa robe d'un blanc immaculé. Tout le monde se fait du souci pour toi. Tu es partie tellement vite. Ça va ?

— Oui, elle va mieux, a répondu Chanelle à ma place. Elle a juste eu un petit choc.

— Je m'en veux, j'aurais dû te prévenir pour Dylan, a déclaré Tory tout en souriant à l'employée du Waldorf qui s'était levée et réarrangeait sa collection de flacons de parfum, savonnettes et serviettes tout en faisant mine de ne pas écouter notre conversation. Mais j'ai pensé que ce serait une surprise pour toi. Étant donné que… que vous étiez si proches.

— Pour une surprise, c'était une surprise, ai-je répondu avec la sensation que j'allais de nouveau avoir besoin de respirer dans la pochette en papier.

— Agréable, j'espère, a ajouté Tory, son sourire éblouissant ne quittant pas un seul instant ses lèvres parfaitement maquillées. Dylan est si content de te voir. Tu devrais aller lui dire bonjour. Zach et lui semblent s'entendre à merveille.

— Ça ne m'étonne pas.

Comment avais-je pu être aussi stupide ? Comment avais-je pu croire en une telle métamorphose ? Zach m'avait prévenue, pourtant, mais j'avais refusé de l'écouter. Je voulais tellement avoir raison.

La vérité, c'est que je ne pouvais pas plus me tromper.

— Allons-y, les filles, a dit Tory en s'inspectant une dernière fois dans le miroir. Les garçons nous attendent.

Chanelle s'est tournée vers moi.

— Tu es sûre que ça va, Jade ?

Je me suis levée. Mes jambes chancelaient.

Et si je demandais aux gardes chargés de la sécurité de l'hôtel de m'aider ? Oui, bonne idée. Je leur dirais que Dylan…

… que Dylan quoi ? Il n'avait rien fait. Il avait été invité par l'une des élèves de Chapman, un point c'est tout. Et même si le Waldorf acceptait de le mettre dehors, il protesterait, avec raison qui plus est, et ferait probablement une scène. Et si ce n'est pas lui, Tory en ferait une. Ce qui gâcherait le bal, et pas seulement pour moi, mais pour Zach, et tous les autres. Demander à ce que Dylan soit expulsé de la soirée ne ferait qu'attirer l'attention sur le problème…

Mais y avait-il encore un problème ? Tellement de temps s'était écoulé depuis la dernière fois qu'on s'était vus. Qui sait si ce n'était pas de l'histoire ancienne pour lui. Après tout, la soirée pouvait très bien se dérouler.

Oui. Et c'était peut-être même moi que Zach aimait et non Petra.

— C'est bon, Chanelle. Ça va mieux, ai-je dit.

— Super, a déclaré Tory. Allons-y, alors.

J'avais l'estomac si noué que j'avais l'impression d'avoir reçu un coup de poing dans le ventre.

Pourtant, j'ai suivi Tory et Chanelle dans le hall de l'hôtel où, comme nous l'avait dit Tory, Dylan et Zach bavardaient devant la porte à tambour pendant que Robert faisait les cent pas avec l'air de regretter de ne pas être ailleurs… comme dans le pavillon de jardin des Gardiner, par exemple.

Je ne pouvais pas lui en vouloir. Moi-même j'aurais préféré être là-bas qu'ici.

Zach qui, de toute évidence, surveillait la sortie des toilettes a aussitôt souri en me voyant, et Dylan, à qui son sourire n'avait pas échappé, s'est tourné et son visage s'est épanoui de la même manière.

— Ah ! Enfin, te voilà ! s'est-il exclamé. Tout le monde s'inquiétait.

— Juste un petit problème de fille, a expliqué Chanelle. C'est réglé, maintenant.

— Tant mieux, a répondu Dylan.

Et il m'a souri à nouveau, et ses yeux bleus – ses yeux que je pensais tant aimer autrefois – se sont remplis d'inquiétude… et d'adoration. Bon, il ne s'était peut-être pas complètement remis, après tout. Mais ça ne signifiait pas que…

— Je suis tellement heureux de te revoir, Jade ! Ça fait si longtemps…

Là-dessus, il s'est penché et m'a embrassée.

Sur la joue, seulement, comme un bon camarade qu'on n'a pas vu depuis *si longtemps*.

Mais je n'ai pas pu m'empêcher d'avoir un mouvement de recul.

Oui, un mouvement de recul, pour éviter la bise d'un garçon dont j'avais été folle amoureuse.

Ou du moins, dont je pensais être folle amoureuse.

— Ça me fait plaisir à moi aussi de te voir, Dylan, ai-je répondu en lui tendant la main. Comment vas-tu ?

Dylan a baissé les yeux sur ma main d'un air surpris, puis l'a serrée vigoureusement.

— Euh… bien, a-t-il dit.

— Super.

Autour de nous, les gens se dirigeaient vers la salle de bal. À part Tory, toutes les filles étaient en noir.

— On devrait peut-être y aller, non ? ai-je proposé en prenant délibérément le bras de Zach. À tout à l'heure !

Et j'ai entraîné Zach vers la porte à tambour, un sourire crispé aux lèvres.

Arrivés devant le tableau sur lequel étaient notés les numéros des tables, Zach s'est arrêté et m'a demandé, le même sourire crispé sur le visage – sauf que sur lui, il était absolument craquant :

— Est-ce que tu peux me dire ce qui se passe ?

— Rien, ai-je répondu. Tout va très bien. Oh, regarde, on est à la Table 7. Elle est là, près de la fenêtre !

— Jade, il se passe quelque chose. Je ne suis pas idiot ! a insisté Zach. Excuse-moi, mais quand la fille avec qui tu es se met à hyperventiler parce qu'elle vient de croiser un autre type, il y a de quoi se poser des questions !

— Oh ! ai-je fait. Tu as remarqué ?

— Évidemment que j'ai remarqué ! Jade, qui est ce Dylan ? Que se passe-t-il ?

— C'est… c'est… *lui*, ai-je répondu d'une toute petite voix.

— Lui qui ?

— *Lui*, ai-je répété. Le garçon. Le garçon que j'ai fui en venant ici.

— Une minute, a fait Zach en jetant un coup d'œil à Tory et à Dylan qui cherchaient la table qu'on leur avait assignée. C'est LUI, le psychopathe qui te harcelait ?

— Chut…, me suis-je empressée de lâcher en remarquant que la fille, assise à la table voisine, avait relevé la tête en entendant la remarque de

Zach. Ce n'est pas un psychopathe et il… il ne me harcelait pas vraiment, mais…

— Mais il est là, n'est-ce pas ? Personnellement, j'appelle ça du harcèlement.

— Il est là parce que Tory l'a invité.

— Pourquoi elle a fait ça ?

— Pour se venger, ai-je répondu alors qu'on arrivait à notre table, dressée pour six personnes, avec une vaisselle digne des plus grandes tables de New York.

Les bals du lycée de Hancock n'avaient vraiment rien à voir ! Premièrement, le dîner qu'on nous servait avant avait lieu dans le fast-food local, et ensuite, on se retrouvait tous dans le gymnase où un DJ, et non pas un orchestre au complet, s'occupait de la musique.

— Tu veux dire que Tory a fait venir ce type jusqu'ici pour se venger de toi ? a répété Zach. Mais se venger de quoi, exactement ? De cette histoire de sorcière ? D'avoir dérobé ses cachets de Valium ? De Shawn ? Ou de… *moi.*

— Peut-être de tout ça à la fois ou de quelque chose d'autre, qui sait ? Avec Tory, on peut s'attendre à tout.

— Mais qu'est-ce qu'a fait précisément ce type ? Est-ce qu'il est dangereux ? Est-ce qu'il faut prévenir la direction de l'hôtel ? Si tu veux, on peut partir tout de suite.

— Non, Zach, ai-je répondu en m'asseyant. Ce n'est pas nécessaire. Il n'est rien de tout ça. Il… il était juste amoureux de moi et… ce n'était pas réciproque. Enfin, ça l'a été, à une époque, mais ça ne l'est plus. Sauf que… sauf qu'il a eu du mal à l'accepter et il a commencé à me suivre partout. Il appelait chez mes parents à n'importe quelle heure du jour ou de la nuit, il venait, aussi. Ça lui est arrivé de venir en pleine nuit. Mon père a fini par lui demander de me laisser tranquille, mais il a continué. Il venait me voir au temple, à la bibliothèque, chez les gens chez qui je faisais du baby-sitting. Il… il me suivait partout. J'ai alors décidé de partir pendant un moment, et c'est pour ça que je suis venue ici.

Je ne pouvais évidemment pas raconter la vérité à Zach. Comme lui avouer que la tête me tournait au début à l'idée de plaire à Dylan. Que j'avais le béguin pour lui depuis des années, lui, le capitaine de l'équipe de football, le président du comité des délégués de classe, le meilleur élève de sa promotion, l'idole des pom-pom girls et des musiciens de l'orchestre.

Aussi, quand il m'avait enfin remarquée, puis

m'avait demandé de sortir avec lui, j'étais évidemment sur un petit nuage. Mes amies n'en revenaient pas. Moi non plus d'ailleurs. Quoi, La Poisse, réputée pour porter malchance, avait été invitée par Dylan Peterson, le plus beau garçon du lycée de Hancock ?

Pourtant, c'est bien ce qui s'était passé. Dès notre premier rendez-vous, au Dairy Queen, il m'avait demandé si je voulais sortir avec lui. Bien sûr, j'avais accepté.

Sauf que je m'étais bien vite rendu compte qu'être la petite amie de Dylan Peterson, c'était beaucoup plus compliqué que je ne le pensais. Par exemple, Dylan s'attendait à ce que j'assiste à tous ses matches, même quand ils tombaient un jour où je jouais avec l'orchestre. Si je ne venais pas, il boudait et me disait que je ne l'aimais pas. Ce qui était faux.

Du moins au début.

Et puis, ma présence aux matches de foot ne lui suffisait plus. Il me voulait tout le temps à ses côtés. Il voulait qu'on parte ensemble le matin pour le lycée, qu'on déjeune ensemble, que je l'accompagne à ses entraînements, que je dîne chez lui, que je fasse mes devoirs avec lui. Je suis même sûre que, si ses parents et les miens avaient donné leur accord, il m'aurait demandé de rester dormir avec lui. Il s'énervait quand je lui disais que j'allais au cinéma avec des copines ou que je restais chez moi pour travailler mon violon.

Bref, au bout d'un moment, ce qui m'était apparu comme un rêve s'est transformé en cauchemar...

Jusqu'à ce que je m'aperçoive que je ne l'aimais plus, que je ne voulais plus le voir, et ne plus passer un SEUL instant de ma vie comme il l'entendait.

Bref, j'ai rompu.

Je lui ai dit qu'il n'y était pour rien, que ce n'était pas sa faute, que je ne me sentais pas assez mûre pour avoir une relation aussi intense, que ça allait trop vite. Je lui ai dit que j'avais besoin d'espace, et que pour l'instant, la priorité allait à mes études et à la musique. Je lui ai dit que j'avais besoin de voir mes amis et de gagner un peu d'argent de poche en faisant du baby-sitting le week-end, et donc que je ne pouvais pas passer tout mon temps avec lui.

Il m'a alors répondu qu'il comprenait parfaitement et que si je lui donnais une seconde chance, il me laisserait avoir plus d'espace.

Le problème, c'est que je ne voulais pas lui

donner une seconde chance. Tout simplement parce que je ne l'aimais plus.

Du coup, je lui ai menti. J'ai raconté que mes parents ne voulaient plus que je le fréquente parce qu'il était trop âgé pour moi et qu'ils trouvaient que ça allait trop vite. J'étais la fille d'une femme pasteur, après tout. À quoi s'attendait-il ?

Ce n'était malheureusement pas la chose à dire.

Car il s'est mis en tête qu'on était les Roméo et Juliette du XXIe siècle et que c'était à cause de mes parents qu'on ne pouvait pas vivre pleinement notre amour. C'est alors qu'il a commencé à m'appeler à la maison, à sonner en pleine nuit, à me suivre partout.

J'ai fini par lui dire un soir – après qu'il m'avait réveillée à quatre heures du matin en jetant des cailloux à la fenêtre de ma chambre et en me suppliant de descendre pour lui parler – que je ne l'aimais plus et qu'il devait me laisser tranquille.

Sauf qu'à ce moment-là, il était allé trop loin dans son délire pour me croire.

Je me suis alors sauvée. Je ne savais pas quoi faire d'autre. J'avais trop peur que cette histoire se termine mal, à la manière d'*Un amour infini*, avec l'amoureux éconduit qui brûle la maison de la femme qu'il aime (et avec ma chance, c'était tout à fait possible).

Que je n'aie pas pu tomber amoureuse d'un garçon qui m'aurait aimée à son tour normalement prouvait une fois de plus que je n'étais pas née sous une bonne étoile. Fuir à l'autre bout du pays pour échapper à un petit ami un peu trop collant était peut-être la vision de l'amour d'une fille comme Lindsey. Mais ce n'était sûrement pas la mienne.

Et je découvrais à présent que je n'avais même pas réussi à faire ÇA correctement – fuir, je veux dire, à l'autre bout du pays. Parce qu'il était là, au bal de mon nouveau lycée.

Super.

Pourquoi Tory ne s'était-elle pas tout simplement débarrassée de moi ? Cela aurait été plus simple. Et moins gênant.

— Bref, pendant qu'on pensait qu'elle avait changé, elle manigançait tout ça, a conclu Zach tout en s'asseyant à côté de moi.

— Oui, j'imagine. Mais tu sais, tu n'es pas obligé de dire « on ». Tu avais raison. Oh, Zach, je suis tellement désolée !

— Désolée ? Mais pourquoi ? Ce n'est pas ta faute.

— Si, ai-je répondu, avec une boule dans la gorge. Crois-moi, c'est vraiment ma faute.

— Quoi ? Que ce type ait été raide dingue de toi ou que ta cousine t'en veuille pour une raison ou pour une autre ? Non, Jade. Fais-moi confiance, tu n'y es pour rien.

Sauf que Zach ne connaissait pas toute l'histoire. Pas encore, du moins.

— Qu'est-ce que tu veux faire ? Il vaut peut-être mieux qu'on parte maintenant.

— Oh, non, Zach ! Surtout pas. Ça va aller.

Il le fallait, de toute façon.

— Hé ! a lancé Chanelle en se dirigeant vers nous. Vous êtes à la Table 7 ?

— Exact, a répondu Zach. Soyez les bienvenus.

— Super ! J'avais tellement peur de me retrouver avec des inconnus, a déclaré Chanelle en s'installant en face de Zach. Assieds-toi, Robert. C'est quoi, toute cette argenterie ? Oh, mon dieu, des couverts à poisson ! Je déteste le poisson ! Et qui a décidé de nous faire manger du poisson ce soir ? Bonjour l'haleine !

Alors que j'étais en train de me dire que finalement, la soirée n'était peut-être pas gâchée, une voix m'a fait comprendre que si.

— Salut tout le monde !

Je n'ai pas levé les yeux. À quoi bon ?

— Ouah ! C'est génial ici ! s'est exclamée Tory en prenant place à côté de Zach.

J'ai senti la chaise à côté de la mienne bouger. Pas la peine de regarder qui s'asseyait : ça ne pouvait être que Dylan.

— Le comité responsable du bal a fait un sacré boulot, vous ne trouvez pas, a continué Tory.

— Oui, sauf qu'ils servent du poisson, a dit Chanelle avec une moue de dégoût.

— Je suis persuadée que ça va être délicieux, l'a rassurée Tory. Oh, j'ai hâte que ça commence.

— Moi aussi, a déclaré Dylan. C'est sûr que ça n'a rien à voir avec les bals du lycée de Hancock, pas vrai, Jade ?

Au son de sa voix, qui autrefois me transportait, j'ai eu l'impression qu'une araignée me grimpait dans le dos. Comment avais-je pu l'aimer s'il éveillait en moi ce genre de sentiment aujourd'hui ?

— Oui, ai-je répondu d'une voix dénuée de tout enthousiasme.

Je ne comprenais pas. Ça ne devait pas se passer comme ça. Je portais mon pentacle, après tout ! Et dans mon petit sac, il y avait une pochette d'herbes séchées – comme celles que Lisa m'avait données pour Zach. N'étaient-ils pas censés me protéger, tous les deux ? Et le contre-envoûtement que j'avais jeté à Tory ? Normalement, elle n'aurait pas dû être en position de me nuire.

C'est alors que je me suis rendu compte que tout ça – le pentacle, le sortilège et le contre-envoûtement – ne pouvait me protéger que de la magie. Et ce que me faisait Tory n'avait rien à voir avec la magie. Elle n'avait eu besoin que de mener sa petite enquête et d'utiliser sa carte bancaire.

— J'aimerais porter un toast ! a déclaré Dylan. Aux vieux amis ! a-t-il ajouté en levant son verre avant de me regarder droit dans les yeux.

— Aux vieux amis ! a dit à son tour Chanelle. Et aux nouveaux amis, n'est-ce pas, Jade ?

J'ai levé mon verre à mon tour.

— Oui, aux nouveaux amis aussi.

J'ai jeté un coup d'œil à Zach et j'ai vu qu'il m'observait. Il a haussé un sourcil. *Allez, ça ne se passe pas si mal que ça*, semblait-il me dire.

Oui, il avait raison. Ça ne se passait pas si mal.

Jusqu'à ce que Chanelle dise, tandis qu'un serveur nous apportait le premier plat :

— Au fait, Tory, comment as-tu rencontré Dylan ?

— Eh bien, c'est assez drôle, a répondu Tory. Je savais que Jade était sortie avec un garçon du nom de Dylan, mais comme je ne connaissais pas son nom de famille, j'ai appelé sa petite sœur qui… m'a tout raconté.

O.K. La première chose que je ferais en rentrant à Hancock, c'était noyer Courtney.

C'est-à-dire si je vivais jusque-là.

— Bref, j'ai appelé Dylan, et on a bavardé, a continué Tory tout en adressant un sourire radieux à Dylan qui, à ma grande surprise, lui a souri à son tour, presque comme s'il… comme s'il l'appréciait. Et j'ai pensé que ce serait sympa de lui proposer de venir ce soir. Parce que même si Jade n'en a rien dit, je sais qu'elle a un peu le mal du pays, n'est-ce pas, Jade ? Malheureusement, l'avion de Dylan a eu du retard et il n'a pas pu nous retrouver à la maison. Mais finalement, ce n'est pas plus mal que ça se soit passé comme ça, tu ne trouves pas, Jade ?

— Oui, ai-je marmonné. C'est effectivement génial que ça se soit passé comme ça.

— C'était la moindre des choses de faire venir Dylan, non ? Surtout quand on pense à tout ce que Jade a fait pour moi. Comme me voler ma meilleure amie, dénoncer Shawn et me piquer Zach sous le nez.

Chanelle a lâché sa fourchette tandis que tout le monde, autour de la table, fixait Tory, l'air horrifié.

Robert a été le premier à parler.

— Hé, tu nous as dit que ce n'était pas toi qui avais dénoncé Shawn ! s'est-il écrié en m'adressant un regard accusateur.

Mes yeux se sont emplis de larmes. Moi qui pensais que le pire était arrivé, j'étais loin du compte.

— Je n'ai pas dénoncé Shawn, ai-je répondu.

Puis, tel un coup de tonnerre dans un ciel bleu, ça a fait tilt dans mon esprit.

— Mais je pense savoir qui c'est, ai-je ajouté en me tournant vers Tory.

— C'est la meilleure ! s'est exclamée Tory avec un énorme éclat de rire. Comme si j'allais dénoncer mon propre petit copain !

— Ton propre petit copain qui a payé la location d'une limousine pour te conduire ici ce soir et qui n'a pas dû apprécier d'apprendre que tu venais avec quelqu'un d'autre.

— Quoi ? a fait Robert. Tu as dénoncé Shawn

pour pouvoir aller au bal avec lui ? a-t-il ajouté en montrant Dylan d'un mouvement de la tête.

Sans me quitter des yeux, Tory a alors dit :

— Tu vas me le payer.

— O.K., ça suffit maintenant, a déclaré tout à coup Zach. On s'en va, Jade.

— C'est incroyable ! a explosé Tory. Tu as même réussi à faire qu'il te mange dans la main. Ça ne te suffisait pas de me voler mes amis et mes parents. Non, il fallait en plus que tu me voles le garçon que j'aime !

J'ai senti que je devenais aussi rouge que le tapis. Il faut dire que Tory n'avait pas été particulièrement discrète : tout le monde, dans la salle de bal – du moins les personnes assises non loin de nous –, nous observait.

Zach s'est penché vers Tory et a dit très calmement :

— Jade ne t'a volé personne, Tory. Je pense qu'on devrait aller faire un petit tour dehors tous les deux. L'air frais te fera du bien.

— Écoutez-le ! a rétorqué Tory en me regardant. Il est prêt à faire n'importe quoi pour elle. Tout comme Dylan. Si tu l'avais entendu, La Poisse, quand je l'ai appelé et que je lui ai dit où tu vivais. Il était tellement heureux qu'il avait du mal à se contenir. J'imagine que ni l'un ni l'autre ne s'est jamais demandé pourquoi ils étaient si fous de toi.

Le frisson qui m'a alors parcourue était dix fois plus intense que celui que j'avais ressenti quand Dylan m'avait adressé la parole. Tout à l'heure, j'avais eu un sentiment de dégoût. À présent, j'avais l'impression qu'on me crachait dessus.

Parce que je savais ce que s'apprêtait à faire Tory. Je le savais aussi sûrement que je savais que c'était elle qui avait dénoncé Shawn.

— Tory, ai-je dit d'une voix que je ne reconnaissais pas tellement la peur la déformait. Ne fais pas ça.

Mais il était trop tard.

Tory avait déjà attrapé son sac. Je comprenais maintenant pourquoi je le trouvais si gros.

L'instant d'après, elle en sortait une poupée qu'elle jetait sur la table. Une poupée que je n'ai eu aucun mal à reconnaître. Tout comme les personnes présentes à la Table 7.

Elle ressemblait tellement à Dylan.

19.

Elle avait les yeux de Dylan.

La stature de Dylan – large d'épaules, jambes longues.

Et même la tenue des joueurs de foot de l'équipe de Hancock, avec le numéro 12 brodé sur le torse, quoique Dylan et moi étions sans doute les seuls autour de la table à connaître ce détail. À l'exception de Tory, qui l'avait de toute évidence deviné.

La poupée avait également les cheveux de Dylan. Ses VRAIS cheveux, que j'avais eu un mal fou à obtenir quand j'avais décidé de faire en sorte que Dylan tombe amoureux de moi. Je lui avais raconté que les pom-pom girls recueillaient des mèches de cheveux de tous les joueurs de l'équipe de foot du lycée pour les coudre sur un drapeau porte-bonheur.

Un drapeau porte-bonheur...

Que j'avais dû fabriquer, cela dit, pour que Dylan ne s'aperçoive pas qu'il n'y avait que SES cheveux qui m'intéressaient.

Bien sûr, si j'avais su que le sortilège marcherait aussi bien – TROP bien même –, je ne me serais pas embêtée à coudre ce drapeau. Car je venais à peine de coller la dernière mèche de cheveux sur le crâne de la poupée que le téléphone sonnait et que Dylan me proposait d'aller boire un verre avec lui au Dairy Queen.

Je savais tout cela, évidemment. Et j'avais le sentiment que Tory aussi. Du moins, en grande partie. Mais pas les autres, à table. Et certainement pas Zach. Du coup, tout n'était peut-être pas perdu. Avec un peu de...

— Tu n'as jamais trouvé curieux, Dylan, d'être tombé amoureux aussi rapidement d'une fille avec qui tu ne partageais rien ? a demandé Tory d'une voix mielleuse.

Dylan, qui n'avait pas quitté la poupée des yeux depuis qu'elle trônait au milieu de la table, a alors dit :

— Le numéro 12, c'est le numéro de mon

maillot. C'est quoi, ÇA ? C'est censé être moi ? C'est MES cheveux ?

— Tout à fait, a répondu Tory. Cette poupée te représente, et c'est Jade qui l'a confectionnée pour que tu tombes amoureux d'elle. Au départ, elle avait collé aussi des cheveux à elle, pour que tu ne puisses pas te la sortir de la tête. Ça a marché, n'est-ce pas ?

Le regard de Dylan est passé de la poupée, à Tory, puis à moi et enfin de nouveau à la poupée.

— Je ne suis pas sûr de comprendre, a-t-il dit. C'est un truc de vaudou ou quoi ?

— Non, Dylan, ai-je déclaré, avec la sensation que le monde que j'avais connu jusqu'à présent – même s'il n'avait pas été particulièrement clément en ce qui me concernait – s'écroulait. C'était un jeu. Je suis tombée un jour par hasard sur un livre de sortilèges, et notre grand-mère, à Tory et à moi, nous avait raconté…

— … que l'une des filles de notre génération deviendrait une grande sorcière, a fini Tory à ma place en s'adressant à toute la table. Inutile de vous demander qui est cette fille, a-t-elle ajouté.

Tous les regards se sont alors tournés vers moi. Et pas seulement ceux de la Table 7, mais des Tables 6 et 8.

— C'était juste un jeu, ai-je répété en riant nerveusement. Un jeu stupide. Il ne faut pas avoir toute sa raison pour croire qu'il suffit de fabriquer une poupée pour qu'un garçon tombe amoureux !

— Sauf que dans ton cas, ça a marché, a fait observer Tory.

J'ai secoué la tête.

— Je vous en prie, soyons raisonnables ! Ce genre de chose n'arrive pas. C'était une coïncidence, Dylan. Je veux dire que j'aie fabriqué cette poupée et que tu m'aies demandé de sortir avec toi. Je suis sûre que tu t'es intéressé à moi parce que je t'avais raconté cette histoire de cheveux pour le drapeau...

— Une minute, m'a interrompue Dylan. Tu as inventé l'histoire du drapeau de l'équipe de foot ? Mais je l'ai vu ! Tous les gars ont donné une mèche de cheveux...

— J'aurais effectivement pu croire que c'était une coïncidence si ça n'était arrivé qu'une fois, a dit Tory en plongeant la main dans son sac.

Oh, non...

Non...

— Mais tu as recommencé, n'est-ce pas, Jade ?

Et elle a sorti cette fois la poupée de Zach qu'elle a jetée à son tour au milieu de la table.

J'aurais dû me douter que si elle en avait trouvé une, elle aurait trouvé l'autre. J'avais caché la première – la poupée de Dylan – dans ce qui m'était apparu comme le meilleur endroit, le soir même de mon arrivée à New York. Je l'avais emportée parce que je ne voulais pas que mes petites sœurs la trouvent dans ma chambre. Et je ne l'avais pas jetée pour les mêmes raisons que j'avais récupéré celle de Tory dans la poubelle... Pour qu'elle ne moisisse pas dans une décharge publique. Après tout, c'était la poupée de quelqu'un que j'avais aimé.

Bref, j'avais caché la poupée de Dylan là où je pensais que personne n'irait regarder. Et, quelques semaines plus tard, celle de Zach l'avait rejointe.

Pourquoi n'avais-je pas pensé que, pendant tout ce temps, Tory m'espionnait ? À moins qu'elle n'aime, elle aussi, cacher des choses dans le conduit de la cheminée de ma chambre ?

Zach, qui contemplait ce que Tory venait de jeter sur la table, a demandé d'une voix terriblement distante :

— Est-ce que c'est censé être moi ?

— Je n'ai pas fabriqué cette poupée, Zach, ai-je déclaré avec l'impression que j'allais étouffer. Je te le jure. J'ai fabriqué celle de Dylan, oui, il y a longtemps, et j'ai compris que c'était une erreur.

— Quoi ? a presque hurlé Chanelle. Tu es une SORCIÈRE ?

J'ai avalé tant bien que mal ma salive. Comment était-ce possible ? Comment avais-je pu en arriver là ? O.K., je sais que je joue de malchance, mais à ce point ?

— J'ai jeté un sort, ai-je dit.

Que pouvais-je faire d'autre ? *Acceptez votre peur.*

N'est-ce pas ce que Lisa m'avait dit ? Eh bien, je peux vous assurer que, question peur, j'étais servie. Qui sait si, en avouant maintenant devant tout le monde ce que j'avais fait, les choses ne s'amélioreraient pas ?

— Je pensais faire de la magie blanche, ai-je poursuivi. Je ne savais pas que la magie blanche, ce n'est PAS essayer de forcer les autres à agir contre leur volonté, ou de manipuler leurs émotions. Je ne le savais pas quand j'ai fabriqué cette poupée de toi, Dylan, et j'en suis désolée. Dès que je l'ai compris, j'ai tenté de défaire le sort en retirant mes cheveux. Mais... ça n'a pas marché.

— Hé ! Ça me fiche la trouille, votre truc, a dit Robert. Tu es une sorcière ou quoi, Jade ?

— Oui, c'en est une, a répondu fermement Tory. Et j'ai pensé qu'il fallait que vous le sachiez tous. D'abord, elle a jeté un sort à ce pauvre Dylan pour qu'il tombe amoureux d'elle, et puis, j'imagine qu'un seul garçon ne lui a pas suffi puisqu'elle est venue ici et s'est empressée de mettre le grappin sur Zach...

— Je n'ai pas fabriqué la poupée de Zach ! ai-je hurlé en me levant brusquement. C'est Tory, qui l'a faite ! Elle me l'a même montrée le soir de mon arrivée. Et elle pense que c'est ELLE la sorcière dont notre grand-mère parlait. Elle a fabriqué cette poupée et a essayé de m'entraîner dans sa société secrète, et quand j'ai refusé – j'avais compris la leçon, merci bien –, ça l'a rendue folle.

J'ai parcouru alors la table du regard. Tous me dévisageaient, l'air sonné, et personne ne donnait l'impression de me croire. Zach n'osait même pas lever les yeux vers moi.

— Zach, ai-je dit sur un ton presque suppliant, car c'était son opinion, plus que toutes les autres, qui m'importait. Tu dois me croire. Regarde cette poupée, ai-je ajouté en ramassant la poupée qu'avait fabriquée Tory. Elle n'a rien à voir avec celle que j'ai faite. Un… un singe en fabriquerait une plus soignée.

— Je crois que tu devrais partir, Jade, a déclaré Tory en constatant que Zach gardait le silence. Personne n'a envie que tu restes.

Je l'ai regardée droit dans les yeux. Je l'ai vraiment regardée.

Et j'ai compris avec quel génie elle avait manigancé son petit plan, jusqu'aux moindres détails. Dans sa robe de bal blanche et avec son maquillage léger, ELLE avait l'air d'être la fille d'une femme pasteur – celle qui ne pouvait dire que la vérité. Tandis que moi, dans ma robe noire moulante et avec mes cheveux roux ébouriffés, je ressemblais à ce qu'elle prétendait que j'étais : une sorcière qui avait réussi à gagner le cœur non pas d'un mais de deux garçons, qui plus est des deux garçons les plus populaires des lycées qu'elle fréquentait ou avait fréquenté.

Je devais au moins lui rendre ça. Elle avait réussi, et sans doute au-delà de ses rêves les plus fous.

Mais apparemment, elle n'avait pas fini. Il lui restait le coup de grâce à donner.

Et c'est en baissant la voix, comme s'il s'agissait juste d'une conversation « entre nous » – bien que tout le monde à présent nous écoute, y compris les serveurs qui s'approchaient des tables pour apporter le second plat – qu'elle a ajouté :

— Je pense que tu devrais réfléchir à ce qui est arrivé à notre arrière-arrière-arrière-grand-mère, Jade. Je parle de Branwen. Tu sais qu'elle a été condamnée au bûcher pour avoir pratiqué la sorcellerie. Ce serait terrible si cela t'arrivait, tu ne trouves pas ?

Je n'en revenais pas qu'elle répète mot pour mot ce que je lui avais dit. Qu'elle raconte sa mort terrible pour que Zach se détourne à jamais de moi.

Mais pourquoi cela me surprenait-il ? Après tout, si elle avait fabriqué cette poupée, cela ne signifiait-il pas qu'elle était prête à tout ?

— Très bien, ai-je dit d'une voix tremblante. Tu as gagné, Tory. Tu sais pourquoi ? Parce que je m'en fiche maintenant.

Et sur ces dernières paroles, je suis partie.

J'ai cru mourir en traversant la salle de bal, tellement je sentais le regard de tout le monde dans mon dos, et que je redoutais d'éclater en sanglots avant d'atteindre la porte à tambour.

Un garçon m'a appelée, il me semble, mais impossible de savoir s'il s'agissait de Dylan ou de Zach.

De toute façon, qui que ce soit, je savais que je ne pourrais pas affronter son visage sans m'effondrer.

Une fois dehors, le portier s'est approché de moi et, à mon grand soulagement, m'a demandé si j'avais besoin d'un taxi.

J'ai hoché la tête et il a fait signe à une voiture. Dès qu'elle est arrivée, je me suis engouffrée à l'arrière en me félicitant d'avoir emporté de l'argent pour rentrer au cas où j'en aurais eu besoin... une précaution que ma mère m'avait incitée à prendre depuis ma petite enfance.

— Vous allez où, mademoiselle ? a demandé le chauffeur.

J'aurais aimé lui répondre l'aéroport, Penn Station ou Grand Station ou n'importe quel endroit où un avion ou un train m'aurait conduite loin de New York.

Sauf que je n'avais évidemment pas assez d'argent sur moi.

Du coup, j'ai dit :

— 69e Rue est.

Le chauffeur a acquiescé, a mis son compteur en marche et m'a ramenée chez tante Evelyn et oncle Ted.

J'ai réussi à retenir mes larmes jusqu'à ce que j'arrive dans ma chambre. Heureusement, je n'avais croisé personne dans l'entrée ou l'escalier. Alice dormait et Teddy était allé passer la nuit chez un petit copain. Quant à Petra et à Willem, ils regardaient un film dans la salle télé tandis qu'oncle Ted et tante Evelyn se trouvaient à l'une de leurs innombrables soirées auxquelles ils étaient constamment invités.

Une fois la porte fermée, je me suis déshabillée en vitesse et je me suis glissée dans la baignoire de ma salle de bains où, là, j'ai enfin laissé libre cours aux larmes. J'ai pleuré jusqu'à ce que mes yeux soient rouges et tout gonflés. Jusqu'à ne plus avoir une seule larme à verser.

Comment tout cela avait-il pu arriver ? Tory m'avait humiliée devant tout le lycée en me présentant comme le monstre que tous pensaient que j'étais déjà. Oh ! je me fichais de l'opinion de Robert ou même de Chanelle. Mais Zach ! Comment avait-elle pu me faire ça devant Zach ? O.K., elle l'aimait. O.K., elle m'en voulait d'avoir réussi à jeter un sort à Dylan alors qu'elle avait lamentablement échoué.

Mais était-il nécessaire qu'elle le fasse en présence de Zach ?

Je me posais toutes ces questions, persuadée que mes larmes allaient de nouveau inonder mon visage, quand tout à coup elles se sont brusquement asséchées.

Une pensée venait de me traverser l'esprit, une pensée que je n'avais pas considérée jusqu'à présent.

Est-ce que c'était ÇA, le problème ? Est-ce que Tory m'en voulait non pas à cause de Zach mais parce que MON sortilège avait marché et pas le sien ? Était-elle jalouse parce qu'elle avait compris que c'était MOI la sorcière que Branwen avait annoncée, et non pas ELLE ?

Parce que je n'ai pas peur d'utiliser mon don comme toi.

N'était-ce pas ce que m'avait dit Tory ?

Ça semblait stupide. De toute façon, qu'est-ce que ça changeait ?

Mon pouvoir ne m'avait apporté que le malheur. Bien sûr, j'avais évité à Zach d'être renversé par un coursier à vélo. Mais ce n'était pas de la magie. Je m'étais juste trouvée là, c'est tout.

Quant à la coupure d'électricité au moment de ma naissance, elle était due à l'orage.

Et le billet d'avion que Willem avait gagné pour venir voir Petra, eh bien… c'était le hasard. Cela n'avait rien à voir avec le contre-envoûtement que j'avais jeté à Tory ou le rituel de protection que j'avais pratiqué dans l'appartement de Petra.

Pour ce qui était de Dylan, il avait tout simplement eu envie de tomber amoureux et j'étais là, avec mon béguin de petite fille… C'était facile pour lui de me choisir moi, et pas une autre.

Rien de tout cela ne prouvait que je possédais un don.

Sauf aux yeux de Tory qui s'était sans doute vantée auprès de Gretchen et de Lindsey d'être l'héritière de son ancêtre sorcière.

Sûr que mon arrivée avait tout gâché pour elle.

Oui, ça avait du sens. Pas étonnant même qu'elle m'en veuille à ce point.

Si être la sorcière de la famille comptait autant pour elle, j'étais prête à lui céder la place, à renoncer à mes pouvoirs et…

Mais qu'est-ce que je racontais ? LA MAGIE N'EXISTAIT PAS, VOYONS.

Car si elle existait, rien de ce qui s'était passé

ce soir ne serait arrivé. Mon pentacle – ce stupide collier que m'avait donné Lisa – m'aurait protégée.

Et il ne l'avait pas fait. Il ne l'avait pas fait parce que tout ça était ridicule. La magie n'existait pas. Pas plus que la chance. C'est-à-dire la bonne fortune, en ce qui me concernait du moins, car je n'avais jamais eu l'occasion de l'expérimenter dans ma vie.

J'étais si furieuse à cause de tout cela – et j'en avais tellement assez – que j'ai arraché le pentacle et que je l'ai jeté à l'autre bout de la salle de bains. Je n'ai même pas cherché à savoir où il avait atterri, pour ne pas avoir à le chercher plus tard. Que Marta le trouve et le mette à la poubelle.

Si je pouvais en faire autant avec ma vie…

Une heure avait dû s'écouler – j'étais au lit, dans mon pyjama le plus affreux, celui en flanelle rose avec des papillons – quand j'ai entendu frapper à ma porte.

— Jade ?

C'était Petra.

— Entre, ai-je répondu.

Petra était la seule que je me sentais en état de supporter à ce moment-là.

— J'ai entendu que tu prenais un bain, a-t-elle dit en m'observant d'un air soucieux depuis le seuil de ma chambre. Tu es rentrée plus tôt que prévu, non ?

— Oui. En fait, je ne m'amusais pas autant que je le pensais.

— Vous vous êtes disputés, Zach et toi ?

— On peut dire ça, oui.

— C'est ce que je pensais. Parce qu'il est là.

Je me suis aussitôt redressée dans mon lit.

— LÀ ? MAINTENANT ?

— Oui. En bas. Il aimerait te voir.

Ah ! Évidemment. Pour pouvoir me dire… quoi ? Qu'il préférait qu'on ne se voie plus ? Qu'il avait décidé de revenir à sa politique de laisser-faire, en particulier en ce qui me concernait ?

Eh bien, je n'allais pas lui donner ce plaisir. C'était hors de question que je descende. Sans maquillage en plus, et avec les cheveux hirsutes et dans mon pyjama à papillons. Oh, non ! Ce n'était franchement pas la tenue idéale pour rompre. Non que l'on rompe à proprement parler, puisqu'on n'était jamais sortis ensemble, mais je préférais qu'il m'annonce tout cela quand… je me serais coiffée et mis du gloss.

— Tu peux lui dire que je dors ? ai-je demandé à Petra.

Petra a froncé les sourcils.

— Bien sûr que je peux, si c'est ça que tu veux que je dise. Mais es-tu bien sûre de le vouloir, Jade ? Il semble assez inquiet à ton sujet. Il m'a dit… qu'il s'était passé quelque chose ce soir. Quelque chose avec Tory ?

Un peu qu'il était inquiet ! Il devait probablement avoir peur que je ne lui lance un autre sort s'il me jetait comme une vieille chaussette.

— Oui, c'est exactement ça. Il s'est passé quelque chose avec Tory.

— Tu veux qu'on en parle ?

Est-ce que je voulais en parler ? Je ne voulais même pas y penser !

— Non, merci Petra. J'aimerais juste pouvoir dormir maintenant, si ça ne t'embête pas.

— O.K., a fait Petra en souriant gentiment. Mais n'oublie pas que si tu as besoin de moi, je suis là. Et ne te fais pas de souci pour Willem. Si tu as besoin de quoi que ce soit, frappe à ma porte. Promis ?

— Oui, ai-je répondu en m'efforçant de lui rendre son sourire. Merci. Et bonne nuit.

— Bonne nuit, Jade, a-t-elle répondu en fermant la porte derrière elle.

Petra était si adorable. Elle allait me manquer quand je serais de retour à Hancock.

Ce qui ne devrait pas tarder, car je ne voulais pas rester une seconde de plus à New York. De toute façon, il était impensable que je retourne en cours lundi matin. J'irais voir Zach dans la matinée, parce que je lui devais une explication, et je ferais ensuite mes valises pour rentrer à Hancock.

Après ce que m'avait fait endurer Tory, régler mes problèmes avec Zach serait un jeu d'enfant.

Sans compter qu'à présent qu'il était au courant pour la poupée, il y réfléchirait à deux fois avant de me téléphoner ou de me suivre. Les garçons n'aiment pas trop savoir qu'ils ont été manipulés. Zach en était la preuve. Qui sait si Dylan n'allait pas marcher sur ses traces ? Finalement, je n'avais peut-être pas tout perdu.

Et sur cette dernière pensée, j'ai éteint ma lampe de chevet, je me suis retournée, mais sans réussir à m'endormir.

Je n'arrêtais pas de revenir à la scène qui s'était jouée, ce soir, à la Table 7 du Waldorf-Astoria, et j'avais beau la rejouer dans ma tête, je ne parvenais pas à trouver ce que j'aurais bien pu dire à

Zach pour qu'il me croie. Tory avait retourné la situation à son avantage avec brio, et elle avait désormais tout ce qu'elle voulait. Zach. Petra qui ne lui barrait plus la route. Et le pouvoir magique de Branwen, quel qu'il soit.

Je ne sais pas à quelle heure je me suis endormie, mais je sais à quelle heure je me suis réveillée. À deux heures du matin très exactement.

Je le sais parce que quand j'ai ouvert les yeux, j'ai vu l'heure qui s'affichait en rouge sur le cadran de mon réveil électronique.

Pourquoi m'étais-je brusquement réveillée ? La réponse est assez intéressante.

Ce n'est pas parce que j'ai eu tout à coup la certitude que, pour une fois dans ma vie, tout se passerait bien. Ce n'est pas non plus parce que, après m'être endormie dans un état de profond désespoir, j'étais soudain apaisée et certaine que je n'avais plus rien à craindre.

Même si ces deux choses étaient vraies, je m'étais réveillée parce que quelqu'un se tenait debout près de mon lit et m'appelait tout doucement.

— *Jade... Jade*, disait la voix.

C'était une jeune fille dans une longue robe blanche.

Mais ce n'était pas Tory, dans sa robe de bal.

Parce que cette jeune fille me souriait et avait de longs cheveux roux.

Bien que je ne l'aie jamais rencontrée auparavant, je connaissais son nom. Je le connaissais aussi bien que le mien.

— Branwen ? ai-je dit en me redressant.

20.

Dès que je me suis assise, elle a disparu. Comme si elle n'avait jamais été là.

À tous les coups, j'avais rêvé.

Dans l'état de demi-sommeil où j'étais, j'avais sans doute imaginé que mon ancêtre se tenait près de mon lit et m'appelait. Oui, ça ne pouvait être que cela. Parce que je ne croyais pas aux fantômes. Tout comme je ne croyais pas à la magie.

Du moins, pas depuis ce qui m'était arrivé au Waldorf.

Alors que j'étais arrivée à cette conclusion somme toute rassurante, j'ai senti quelque chose autour de mon cou. Quelque chose qui ne se trouvait pas là quand je m'étais couchée. J'ai plaqué ma main : c'était le pentacle que Lisa m'avait donné.

Je me souvenais parfaitement de l'avoir arraché de mon poignet et jeté à l'autre bout de la salle de bains, sans même prendre la peine de voir où il avait atterri.

Que faisait-il alors autour de mon cou ?

Un sentiment de… De quoi ? Pas de peur. Parce que je n'avais pas peur. Et pas d'effroi non plus. J'étais en fait empreinte du même apaisement que lorsque j'avais ouvert les yeux, sauf qu'à ce sentiment se mêlait à présent une sensation de… de bonheur.

Oui, j'étais *heureuse*.

Que se passait-il ? Pourquoi n'avais-je pas peur ? Les colliers ne s'attachent pas tout seuls. Quelqu'un l'avait trouvé dans la salle de bains et l'avait remis en place autour de mon cou. Mais qui ? Qui était entré dans ma chambre et avait fait une chose pareille, si doucement que je ne m'étais même pas réveillée ?

Petra ?

Ou le fantôme de mon arrière-arrière-arrière-grand-mère venue veiller sur moi quand j'avais tant besoin d'elle ? Me montrant – comme je l'avais toujours suspecté – que j'étais réellement la fille dont elle parlait, celle destinée à devenir une grande sorcière. Oui, moi, et pas Tory.

Non, moi. Et cela avait toujours été moi.

Il fallait juste que je croie.

En elle.

En moi.

J'ai alors su que je ne retrouverais pas le sommeil. Ma peau me picotait comme si un courant électrique me traversait. Je me suis levée d'un bond et je suis allée à la fenêtre. Une lumière bleu pâle filtrait à travers les fins voilages – j'avais oublié de fermer les rideaux en me couchant. Il devait s'agir de la lumière des maisons voisines.

Mais quand j'ai écarté le voilage, j'ai vu qu'elle venait en fait de la lune qui se dressait, pleine et lourde, dans le ciel, et elle brillait tant qu'on l'aurait dit entourée d'un fin halo.

J'avais lu, dans le livre de sorcellerie acheté chez Lisa, qu'en période de lune décroissante on pouvait faire cesser un envoûtement ; en revanche, lorsque la lune croissait, c'était le temps idéal pour jeter des sorts de prospérité. Et quand elle était pleine… tout pouvait arriver. Sinon pourquoi autant de gens se retrouvaient-ils aux urgences les nuits de pleine lune ?

Comme c'était étrange que cette nuit, entre toutes les nuits, la lune soit pleine.

Est-ce pour cela que Branwen s'était montrée

à moi ? À cause de la lune ? Et parce que j'avais besoin d'elle ?

Alors que je me posais toutes ces questions, j'ai soudain entendu du bruit dans le jardin. On aurait dit Mouche. Mais que faisait Mouche dehors, en pleine nuit ? Alice n'oubliait jamais de l'appeler pour le faire rentrer le soir. Mouche dormait avec elle toutes les nuits. Qui avait bien pu le laisser sortir ?

Et pourquoi y avait-il de la lumière dans le pavillon de jardin ?

Non, ce n'est pas possible. Mon imagination me jouait des tours, comme quand j'avais cru voir Branwen.

Il n'y avait pas qu'une seule lumière, mais plusieurs… comme si quelqu'un allumait des centaines de bougies.

Quelqu'un qui ressemblait comme deux gouttes d'eau à Tory.

Tout à coup, j'ai su pourquoi Branwen avait choisi de m'apparaître cette nuit précisément. J'ai même su pourquoi elle s'était empressée de rattacher le pentacle autour de mon cou.

Parce que l'heure était venue d'affronter Tory.

En prenant garde à ne pas allumer la lumière – je ne voulais pas que Tory me voie et comprenne que j'étais réveillée –, j'ai retiré mon pyjama et j'ai enfilé un jean et un sweat. Puis, ma paire de chaussures à la main, je suis descendue sans faire de bruit. Arrivée devant la porte qui menait au jardin, j'ai mis mes chaussures et je suis sortie.

Il y avait suffisamment de lumière – bleuâtre, certes, mais suffisante – pour que je trouve mon chemin.

De toute façon, je n'avais pas besoin du halo de la lune pour voir la lueur jaune qui montait de derrière les baies vitrées du pavillon de jardin. Ou les trois silhouettes qui se découpaient derrière.

C'était Tory. Tory et ses acolytes.

Je me suis alors brusquement souvenue des champignons. Ces champignons que Tory avait demandé à Chanelle de l'aider à ramasser sur des pierres tombales une nuit de pleine lune.

La lune était pleine et commencerait à décroître demain.

Quoi que Tory ait l'intention de faire avec ces champignons, c'était ce soir qu'elle le ferait.

Et quoi que ce soit, ce serait, la connaissant, terrible. Mais ça ne pouvait pas être en rapport avec moi. Tory m'avait déjà détruite ce soir, au bal du lycée. Et elle le savait. Oui, celui ou celle qu'elle visait avec ce rituel – Petra ? Zach ? – ne pouvait pas être moi.

Un autre sentiment s'est alors immiscé au calme qui m'était venu lorsque je m'étais réveillée. Et c'était un sentiment de colère.

J'étais en colère non pas à cause de ce que m'avait fait Tory – après tout, je le méritais, ne serait-ce que pour me punir d'avoir agi comme je l'avais fait avec Dylan. Non, j'étais en colère que Tory persiste à pratiquer la magie après avoir été témoin des conséquences catastrophiques qui avaient résulté de mcs propres tentatives à manipuler les autres.

Cette histoire commençait à bien faire. Tory devait s'arrêter, et j'allais de ce pas l'aider à arrêter.

J'ai ouvert en grand la porte du pavillon pour le lui dire quand le spectacle qui s'est offert à mon regard m'a coupé le souffle.

Elles étaient là, toutes les trois, Tory toujours dans sa robe d'un blanc immaculé tandis que Gretchen et Lindsey étaient en noir, de nouveau outrageusement maquillées, assises autour de ce qui ressemblait à un petit autel posé sur la table en verre au milieu du pavillon, et sur lequel reposaient une dizaine de bougies (noires, bien sûr) et un calice vide.

Elles n'ont pas paru surprises du tout de me voir. Du moins, Tory.

— Et voilà ! a-t-elle lancé avec une certaine satisfaction dans la voix. Je vous l'avais dit qu'elle viendrait.

Lindsey, comme à son habitude, a gloussé, mais Gretchen, après m'avoir adressé un regard mauvais, s'est exclamée :

— Je ne comprends pas, Torrance. Comment tu le savais ?

— Parce qu'elle est faible, a répondu Tory.

C'est alors que j'ai vu, sous la table en verre, ce qu'elle tenait à la main : Mouche, qui se débattait pour se sauver et miaulait tout ce qu'il pouvait.

Je ne m'étais donc pas trompée quand j'avais cru l'entendre de ma chambre.

Ce qui expliquait sans doute pourquoi Tory l'a brusquement libéré. Grâce à Mouche, elle avait obtenu ce qu'elle voulait : m'attirer dans le pavillon de jardin.

— Si elle est faible, pourquoi tu as besoin d'elle ? a demandé Gretchen sombrement.

— Je te l'ai dit. Ce n'est pas elle que je veux. Mais son sang.

Tout à coup, j'ai compris ce qui se tramait là, pourquoi elles étaient assises toutes les trois autour de ce calice vide et, surtout, la raison pour laquelle Tory m'avait fait venir.

Mon sang n'a fait qu'un tour et j'ai senti que toute la détermination que Branwen avait instillée en moi m'abandonnait. Je n'avais pas une minute à perdre. Je me suis précipitée vers la porte ouverte mais pas suffisamment vite pour échapper à Gretchen qui m'a attrapée par le bras et m'a ramenée violemment vers l'intérieur du pavillon.

— Attachez-lui les mains, a ordonné Tory.

Gretchen et Lindsey ont aussitôt sorti un cordon de satin noir – sans doute la ceinture de l'une de leurs robes du soir – et ont commencé à me lier les mains dans le dos.

— Écoutez-moi, ai-je dit en m'efforçant de ne pas céder à la panique.

Elles s'apprêtaient probablement à me soumettre à l'un de leurs stupides rituels. Elles voulaient sans doute que je rejoigne leur société secrète et me faire prêter serment après avoir pris une ou deux gouttes de mon sang, histoire qu'on soit des « sœurs de race » ou je ne sais quoi.

— Je crois que vous m'avez coupé la circulation au niveau des doigts, ai-je ajouté.

— La ferme, a lâché Tory.

— O.K., ai-je fait. Mais si mes doigts deviennent tout noirs et…

— Je t'ai dit de te TAIRE !

Là-dessus, elle s'est levée et m'a frappée. Fort. Du plat de la main.

Bon, d'accord, elle m'avait plus giflée que frappée, mais ça m'a quand même fait mal. L'espace de quelques secondes, j'ai même vu trente-six chandelles.

Finalement, ce n'était pas un rituel stupide qu'elles s'apprêtaient à pratiquer.

— Tout est prêt ? a demandé Tory.

Gretchen et Lindsey ont hoché la tête. Gretchen paraissait très excitée. Lindsey, en revanche, semblait légèrement surprise par la claque que je venais de recevoir. Du moins, d'après ce que je pouvais en voir derrière les larmes qui m'étaient montées aux yeux. En fait, Tory était bien plus forte physiquement que ce que je pensais. Sa gifle m'avait VRAIMENT fait mal.

— O.K., allons-y, a-t-elle déclaré en retournant à sa place. Ce soir, sous cette nouvelle lune, temps du renouveau, je vais réparer un tort. Il y a cent cinquante ans, une des plus puissantes sorcières de tous les temps, du nom de Branwen, a prédit que l'une de ses descendantes hériterait de ses pouvoirs. Conformément aux lois de la nature, je devais être cette descendante. Mais pour une raison qui m'échappe, il semble que ce soit ma cousine Jade.

— C'est faux ! me suis-je exclamée.

Car bien que Branwen me soit apparue un instant plus tôt dans ma chambre, j'avais le sentiment que, au vu de sa propre expérience, elle pensait probablement que renoncer à ses pouvoirs soi-disant magiques était la meilleure chose à faire.

— Ce n'est pas moi.

Tory m'a foudroyée du regard.

— N'interromps pas la cérémonie ! s'est-elle écriée.

— Mais ce n'est pas moi, Tory, ai-je insisté. Toute cette histoire est stupide. Comment pourrais-je avoir des pouvoirs magiques ? Tu sais bien que je suis la personne la moins chanceuse au monde et…

— Comment expliques-tu alors que Dylan soit tombé raide dingue de toi ?

— C'est le hasard.

— Et Shawn ?

— Shawn ? C'est toi qui l'as dénoncé !

— Oui, exact. Mais tout le monde t'accuse. Et Zach, alors ?

Je l'ai observée en clignant plusieurs fois des yeux.

— Alors, Jade ? Qu'as-tu à répondre à ça ?

D'un seul coup, la colère m'est revenue. La colère qu'avait mentionnée Lisa, cette colère saine dont j'aurais besoin le moment venu.

— Je te l'ai dit et répété, Tory ! Zach et moi, on est amis seulement, et on ne l'est probablement plus grâce à TOI et à cette POUPÉE que tu as fabriquée !

Tory s'est levée et a brandi la main comme si elle voulait me frapper à nouveau. J'ai soutenu son regard en la défiant d'essayer. Si elle faisait un pas vers moi, je lui lançais un coup de pied.

Lindsey est alors intervenue.

— Est-ce qu'on peut se dépêcher, s'il vous plaît ? a-t-elle dit. Je suis affamée. Et tu sais ce qui m'arrive, Torrance, quand j'ai une baisse de tension.

Tory s'est tournée vers elle et l'a fusillée des yeux.

— Très bien, a-t-elle répondu avant de s'emparer d'un couteau.

C'était un *énorme* couteau, de ceux qu'on trouve dans les boutiques qui vendent des reproductions d'objets de film, comme l'épée du *Seigneur des Anneaux*.

Un seul coup d'œil à ce couteau a suffi à me faire comprendre que j'étais en bien mauvaise posture.

J'ai bondi de ma chaise, mais Gretchen m'a aussitôt repoussée en arrière et m'a obligée à me rasseoir en me tenant de toutes ses forces par les épaules. Voyant que je ne parviendrais pas à lui échapper, j'ai ouvert la bouche pour hurler…

Mais Tory, devinant ce que j'allais faire, s'est empressée de me bâillonner avec ses longs gants en soie.

— Arrête de bouger, Jade, a-t-elle dit d'une voix presque douce. C'est bien ce que tu voulais, non ? Tu as toujours dit que tu voulais être normale. Eh bien, dès que j'aurai prélevé suffisamment de ton sang pour le boire, tes pouvoirs seront les miens et tu n'auras plus à t'inquiéter de rien. J'ai concocté une potion de bannissement à partir de champignons très rares. Quand tu l'auras bue en entier, tu n'auras plus à te soucier de ta malchance. Les pouvoirs que tu as hérités de Branwen disparaîtront. Car c'est moi qui les posséderai.

O.K. Il fallait que je me sorte de là. Vite.

Mais comment ? J'avais les mains attachées. J'étais bâillonnée. Et Gretchen se tenait tout contre moi, prête à intervenir au moindre de mes mouvements.

Que faisait-on quand tout espoir avait disparu ? Et que tout ce qu'on a tenté a échoué ?

Qu'est-ce que Lisa m'avait dit ? Tory ne pouvait rien contre moi si… si… Si quoi ?

Pourquoi n'arrivais-je pas à m'en souvenir ?

Acceptez vos pouvoirs.

Mais comment ? Comment pouvais-je accepter quelque chose qui ne m'avait causé que du mal ? Dylan. La panne d'électricité à l'hôpital la nuit où j'étais née. Et ce soir, au bal du lycée. Je ne pouvais pas accepter quelque chose qui avait brisé autant de vies ! Quelque chose que je considérais comme *mal*.

— Une minute, a dit Lindsey. Tu vas boire son sang ?

— À quoi tu t'attendais ? a demandé Tory. C'est le rituel du sang, qu'est-ce que tu crois ?

— Je sais bien, a répondu Lindsey en blêmissant. Mais je ne pensais pas que tu allais *vraiment* le boire. Il va falloir que j'en boive, moi aussi ?

— Est-ce que tu veux devenir une vraie sorcière ou pas ?

— Eh bien… oui, je suppose. Je ne sais pas. Mais tu ne vas quand même pas l'obliger à boire ce truc avec les champignons. Et si elle est malade ? Ils sont peut-être vénéneux.

— Ce n'est pas grave, a rétorqué Tory. De toute façon, personne ne la croira. Les gens penseront qu'elle s'est empoisonnée toute seule, à cause de ce qui est arrivé au bal. Et à ce moment, je détiendrai ses pouvoirs, qu'elle n'a jamais su apprécier, sans parler de les utiliser correctement. Papa et maman seront comme de la pâte à modeler entre mes mains et – elle s'est tournée vers moi et m'a regardée, avant d'ajouter avec de nouveau une certaine douceur dans la voix –, Zach m'aimera moi, et pas elle.

À ce moment-là, je ne prêtais plus vraiment attention à ce qu'elle disait. Comprendre la portée des paroles de Lisa me paraissait bien plus important. *Et si ce qu'elle m'avait dit était vrai et que tout ce qui m'était arrivé de mal n'était pas le résultat de la malchance mais de la peur… la peur tournée vers moi ? La peur de ce que j'étais véritablement ?*

La peur de QUI j'étais ?

La magie me sauverait.

Branwen me sauverait… si j'acceptais ce qui me faisait peur.

Tout à coup, mon esprit s'est vidé. Et j'ai pensé à la magie et à la façon dont elle pourrait me secourir. J'ai pensé à la lune, si brillante et si haute, et cernée de ce halo. J'ai pensé aux roses qui s'ouvraient dans le jardin. J'ai pensé à Branwen, au collier qu'elle avait rattaché autour de mon cou, et au calme qui s'était emparé de moi après que je l'avais vue, souriante, près de mon lit.

Et j'ai pensé à Zach. Il habitait juste à côté. S'il jetait un simple coup d'œil par la fenêtre de sa chambre, il verrait le pavillon de jardin des Gardiner. Il me verrait.

— Je ne suis pas sûre de pouvoir la tenir encore longtemps, a déclaré Gretchen d'une voix tremblante.

Je ne l'avais pas remarqué jusqu'à présent, mais j'avais l'impression que tous mes sens étaient en éveil. Le parfum des roses emplissait l'air, de manière si envoûtante.

Réveille-toi, Zach. Je suis là. Je suis là, en bas, dans le jardin.

— Très bien, a répondu Tory. Alors tais-toi et regarde pendant que je procède au rite.

Elle a alors brandi le couteau en l'air et la lame a brillé au clair de lune qui filtrait à travers les baies vitrées du pavillon. Puis Tory a commencé :

— Au nom de Hécate, la sorcière, de Branwen, mon ancêtre, et de toutes les sorcières de la création, je prends à cette femme ce qui me revient de droit.

Elle a ensuite fait signe à Lindsey d'attraper mes poignets – ce qu'elle a fait pendant que je tentais de lui échapper et que Gretchen, elle, tentait de me retenir – et les a portés au-dessus du calice.

Sans la moindre hésitation, Tory a abaissé le couteau.

Trois choses se sont alors passées simultanément :

Lindsey a lâché mes mains en hurlant :

— Non, Tory ! Ne fais pas ça !

J'ai levé mon genou de dessous la table et j'ai

tapé de toutes mes forces, renversant le calice, les bougies et la potion aux champignons sur Tory.

Et enfin, la porte du pavillon s'est ouverte et j'ai entendu une voix masculine que je connaissais s'écrier :

— Qu'est-ce qui se passe ici ?

21.

— Zach ! s'est exclamée Tory. Oh ! Comme c'est gentil de passer ! Ça va ?

Zach, cependant, ne semblait pas d'humeur à faire preuve de civilités. Peut-être parce que ce qui se trouvait sur la table avait roulé sur l'ourlet de la robe de Tory et qu'elle essayait désespérément de s'en débarrasser. À moins que ce ne soit à cause du couteau qu'elle tenait toujours à la main, ou bien de la potion aux champignons qui avait taché le devant de sa robe.

Ou, alors, c'était peut-être à cause de l'air coupable qu'exprimaient les visages de Gretchen et de Lindsey.

Ou bien parce que j'avais les mains attachées, la bouche bâillonnée et que j'étais par terre, couchée sur le plancher du pavillon de jardin.

Quoi qu'il en soit, il ne s'est pas donné la peine de répondre à la question de Tory. À la place, il s'est agenouillé près de moi et a retiré les gants de Tory de ma bouche.

— Tu vas bien ?

J'ai juste hoché la tête. Même si je l'avais voulu, j'aurais été incapable de prononcer le moindre mot. Non pas parce que ma cousine avait essayé de me tuer, mais parce que Zach avait accouru pour me sauver en oubliant qu'il était torse nu.

Et si Tory m'avait vraiment tuée, et que j'étais morte et au Paradis ?

Sauf que si je me trouvais au Paradis, pourquoi Lindsey pleurait-elle ?

— Oh, Zach, s'il te plaît, ne dis rien à Mr. et Mrs. Gardiner, suppliait-elle. Mrs. Gardiner fait partie de la même association de quartier que ma mère. Et si elle apprend que je m'amusais à jouer aux sorcières, elle va me tuer.

— LINDSEY ! TAIS-TOI ! a brusquement hurlé Tory avant d'ajouter en bégayant : On a essayé de l'en empêcher. Je te promets, Zach. Mais Jade était tellement bouleversée après ce qui s'est passé ce soir, au bal – le fait que j'annonce devant tout le monde qu'elle était une sorcière et tout ça –, bref, elle a essayé de se suicider. Elle était déjà par terre quand on l'a trouvée. On s'apprêtait à appeler les pompiers et…

— Elle s'est bâillonnée toute seule ? a demandé Zach d'une voix dure. Et s'est attaché les mains ? Ça aurait pu marcher, Tory, mais j'ai entendu ce que tu lui disais, espèce de…

Zach a alors lâché plusieurs expressions particulièrement grossières, du genre qui lui vaudrait plus de la moitié de son argent de poche s'il les prononçait devant ma mère.

— O.K., a fait Tory. Ne me crois pas. Mais sache que si tu prends sa défense, c'est tout simplement parce qu'elle t'a jeté un sort. Alors, ça te fait quoi de savoir que tu es la victime d'une sorcière qui te manipule ?

— Non, Zach, ai-je essayé de dire. Ne l'écoute pas. Mais c'est vrai que j'ai eu recours à la magie. Pour t'appeler à mon secours, pour que tu me viennes en aide. Pas pour que tu m'aimes. Jamais pour que tu m'aimes. C'est elle qui a fabriqué cette poupée ! C'est elle !

Sauf que rien de tout cela n'est sorti de ma bouche à l'exception d'un vague râle. J'avais la gorge si sèche que je ne parvenais plus à parler.

— La seule victime que je vois ici est Jade, a

déclaré Zach. Qu'est-ce qui cloche chez toi, Tory ? Tu aurais pu lui faire très mal.

— C'est ça, bien sûr, prends sa défense ! Bravo ! Je te connais depuis la maternelle et tu prends la défense d'une fille que tu as rencontrée il y a un mois et…

Mais Zach ne l'écoutait plus.

— Donne-moi ce couteau, a-t-il demandé.

Tory le lui a tendu sans un mot.

— Zach, jamais je n'ai pensé que ça irait aussi loin, est soudain intervenue Gretchen, curieusement affolée. Je ne pensais pas que Tory lui ferait du mal. Quand elle nous en a parlé, elle nous a dit qu'elle se contenterait de la piquer avec une épingle. Et que Jade, de toute façon, s'en fichait, parce qu'elle en avait assez de ne pas avoir de chance et qu'elle voulait se débarrasser de son don pour le lui donner…

— Jamais ! ai-je hurlé. Jamais je ne renoncerai à mon pouvoir ! Je l'ai accepté ! Je n'en ai plus peur.

Mais une fois de plus, je n'ai pu émettre qu'un simple râle.

— Sauf que ce n'était pas de la malchance, a poursuivi Gretchen, c'était de la magie et Jade ne savait pas comment se servir de son don correctement. Du coup, si Tory buvait son sang, le sort que Tory t'a jeté en confectionnant une poupée à ton image marcherait et tu tomberais amoureux d'elle.

— GRETCHEN ! a hurlé Tory. TAIS-TOI !

Zach s'est servi du couteau de Tory pour couper le cordon autour de mes poignets, puis il m'a aidée à me relever. Ce n'est qu'à ce moment-là que j'ai remarqué – qu'on a remarqué – que je ne tenais pas vraiment sur mes jambes. Non pas à cause de ce que m'avait fait Tory, mais parce que, en donnant un coup de genou contre la table, j'avais vraiment tapé très fort.

— Viens, a dit Zach en me prenant par la taille. Tu n'as qu'à t'appuyer sur moi.

On est sortis tous les deux dans la nuit fraîche. Mouche, qui attendait dans le jardin, nous a rejoints en miaulant doucement.

— On ne peut pas le laisser dehors, ai-je dit faiblement. Alice ne va pas comprendre si elle ne le voit pas demain matin, couché sur son lit, quand elle se réveillera.

Mais ma voix était encore trop enrouée et je n'ai réussi à sortir que « Mouche ».

— Je sais, a dit Zach. J'irai le chercher après

t'avoir accompagnée à l'intérieur. Ne t'inquiète pas.

Quelques secondes plus tard, il toquait à une porte jusqu'à ce que la voix de Petra nous parvienne, tout ensommeillée.

— Oui ? Qui c'est ? Oh, Zach ? Qu'est-ce que..., a-t-elle commencé avant de s'exclamer, plus du tout endormie : Jade !

La lune a alors disparu et on s'est retrouvés dans l'appartement de Petra, au sous-sol de la maison des Gardiner. J'ai alors compris que c'était à la porte de Petra que Zach avait frappé. Il m'a ensuite aidée à m'allonger sur le canapé – apparemment, Willem ne dormait pas là... Il se tenait en fait sur le seuil de la chambre de Petra, avec rien d'autre sur le dos qu'un caleçon, et l'air très gêné. Mais incroyablement mignon en même temps.

Cela dit, pas autant que Zach qui, lui, ne portait que le jean qu'il s'était visiblement empressé d'enfiler sans même le boutonner correctement.

Il avait également les mains tout écorchées. Que lui était-il arrivé ?

Ah, oui ! Les roses.

— Mon dieu ! s'est exclamée Petra. Que s'est-il passé ?

Les roses. Zach s'était fait mal en escaladant le mur du jardin.

Mais Petra ne parlait pas des mains de Zach.

— Elle va bien, a répondu Zach. Elle a juste besoin d'un peu d'eau. C'est Tory, a-t-il ajouté d'une voix si froide qu'elle m'a glacé le cœur.

— Ses poignets…

— Elles l'ont attachée.

— Mon Dieu. Je vais chercher les Gardiner.

— NON ! a hurlé quelqu'un.

C'était Tory. Elle nous avait suivis.

— Non, Petra ! a-t-elle répété.

Ses yeux – Willem venait d'allumer la lumière – brillaient d'une lueur sauvage, proche de l'hystérie. Avec sa robe blanche tachée, on aurait dit Cendrillon de retour du bal, quand elle se rend compte que les douze coups de minuit ont sonné.

— N'en parle pas à papa et à maman ! Jade m'a dit qu'elle voulait se débarrasser de ses pouvoirs. Elle m'a dit qu'elle n'arrivait pas à les gérer et… qu'elle en avait assez de toute cette malchance. J'essayais de l'aider. Je le jure.

— Ses pouvoirs ? a fait Willem. De quels pouvoirs est-ce qu'elle parle ?

— Tory, a dit Petra tout en s'agenouillant près

de moi avec un verre d'eau que j'ai vidé d'un trait. Pas maintenant, s'il te plaît.

— Attendez, a insisté Tory.

Elle pleurait à présent. J'ai regardé les larmes couler le long de son joli visage.

— C'était un jeu, a-t-elle continué, c'est tout ce que c'était. Et Jade était d'accord. Elle trouvait ça drôle.

— Ah oui ? a fait Zach, durement. Et le rat mort ? Elle trouvait ça drôle aussi ? Et le fait que tout le monde au lycée pense que c'est elle qui a dénoncé Shawn alors que c'est toi. Ne le nie pas, Tory. Ton propre petit copain ? Et c'est quoi ce que tu manigançais en ramenant ce type de l'Iowa au bal du lycée ? Je n'ai pas l'impression que Jade trouvait ça très drôle non plus. Par ailleurs, qui apprécie d'être attaché et bâillonné ?

— C'était un jeu ! a répété Tory, totalement hystérique à présent. Dis-leur, Jade ! Dis-leur que ce n'était qu'un jeu !

J'ai levé les yeux vers Tory. Elle était incroyablement belle. Elle avait toujours été la plus belle de nous deux.

Mais je ne lui en avais jamais voulu. J'avais accepté sa beauté, comme on accepte qu'une sœur soit plus grande ou un frère meilleur au basket.

En revanche, *elle* ne m'avait jamais acceptée et n'avait jamais accepté que j'aie quelque chose qu'elle n'avait pas. Et n'aurait jamais.

Mais pourquoi l'aurait-elle accepté, alors que pendant si longtemps, j'avais été incapable de l'accepter moi-même ?

Plus maintenant. Maintenant, tout était différent. Oui *tout*.

En particulier, moi.

— Dis-leur, Jade, m'a suppliée Tory, à travers ses larmes. Dis-leur que ce n'était qu'un jeu.

— Non, ai-je répondu.

Cette fois, en m'entendant parler, j'ai su que ma voix était distincte.

— Ce n'était pas un jeu.

Pâle mais déterminée, Petra s'est alors dirigée vers l'escalier. Tory a aussitôt couru derrière elle.

— Non ! Petra ! Attends ! Je vais tout vous expliquer !

Tout aussi déterminé que Petra, mais l'air perplexe, Willem a suivi Tory, sans doute pour s'assurer qu'il n'arrive rien à son amie.

On s'est retrouvés seuls, Zach et moi.

— Je suis désolée, ai-je dit.

Zach m'a observée, surpris.

— Désolée ? a-t-il répété. Mais pourquoi ? Tu n'y es pour rien.

— Je ne parlais pas de ça, mais de Petra. Et de Willem. Je voulais te le dire, mais l'occasion ne s'est jamais présentée.

Voyant que Zach continuait de me regarder sans comprendre, j'ai poursuivi :

— Ça m'étonnerait qu'ils cassent. Je suis franchement désolée, Zach. Mais j'ai l'impression qu'elle l'aime vraiment. Et lui aussi.

À la surprise qu'exprimait le visage de Zach s'est ajouté un autre sentiment que je lui avais déjà vu, le jour où on se trouvait sur le terrain de base-ball, et c'était un mélange de frustration et d'amusement.

— Jade, a-t-il déclaré. Je n'aime pas Petra.

— Comment ça, tu n'aimes pas Petra ? Bien sûr que tu l'aimes.

— Non, a répondu Zach. Je ne l'aime pas, et je ne l'ai jamais aimée.

— Quoi ? Mais tu m'as dit que tu l'aimais !

— Non. C'est *toi* qui m'as dit que *je* l'aimais, parce que c'est ce qu'a raconté cet imbécile de Robert. Tout ce que j'ai dit, moi, c'est qu'à une époque, Petra me plaisait. Mais c'est toi qui as alimenté toute cette histoire. En vérité, j'ai rencontré quelqu'un qui me plaît bien plus…

— Ah bon ? ai-je fait, en pleine confusion. Tu ne m'en as jamais parlé.

— Non, c'est vrai. Sans doute parce que c'était plus facile de te laisser croire que j'aimais Petra. À cause de ce qui t'était arrivé chez toi, à Hancock. J'ai pensé que tu ne t'en étais pas tout à fait remise et que tu n'étais pas prête.

— Prête ? ai-je répété.

De quoi parlait-il ?

— Mais prête pour quoi ?

— Prête pour entendre la vérité, a répondu Zach en plongeant ses yeux verts dans les miens, ses yeux qui brillaient avec la même intensité que la lune. J'ai cessé d'être attiré par Petra dès que je t'ai vue, Jade. À la minute même où tu as franchi le seuil du pavillon de jardin. Ne me dis pas que tu ne t'en souviens pas.

— Moi ? ai-je fait, persuadée que j'avais mal entendu. *Moi ?*

— Oui, toi ! s'est exclamé Zach. Jade, comment as-tu pu ne pas le remarquer ? Tory elle-même s'en est rendu compte ! Pourquoi t'en aurait-elle voulu à ce point ? Pendant tout ce temps, tu lui as dit, tu m'as dit, tu as dit à toutes les personnes que tu rencontrais, que toi et moi, on était seulement des amis alors qu'être seulement ton ami était la dernière chose que je souhaitais. Et Tory l'avait compris, et elle avait vu ce que tout le monde avait vu, sauf toi, apparemment... À savoir que j'étais et que je suis fou amoureux de *toi*... Tu ne me crois toujours pas, a-t-il ajouté d'une voix qui s'estompait.

Comment pouvais-je le croire ? Ce n'était pas possible, parce qu'une chose pareille ne pouvait *pas* m'arriver à moi.

— C'est bien ce que je craignais, a repris Zach avec un soupir. Je suppose que je n'ai pas le choix.

— Pas le choix... De quel choix tu parles ? ai-je demandé.

— De ça.

Et il s'est penché vers moi et m'a embrassée.

O.K. Pour notre premier baiser, j'ai bien cru que j'allais défaillir. J'imagine que des filles comme Tory, qui ont des années d'avance sur moi dans le domaine des garçons, n'auraient pas été bouleversées au point de manquer de tomber dans les pommes.

En même temps, je n'étais certainement pas habituée à ce genre de baiser. Dylan, lui, m'attrapait et me plaquait contre son corps, alors que

Zach s'était juste contenté de poser ses lèvres délicatement sur les miennes. Il me touchait à peine, à l'exception de ses doigts posés sur mes épaules.

Son baiser était le plus doux et le plus long du monde.

Je le ressentais jusque dans la pointe de mes orteils.

Et quand il a relevé la tête pour me regarder, je l'ai à peine remarqué. J'avais l'impression que des petits oiseaux et des étoiles volaient devant mes yeux, tant j'étais étourdie par la sensation de sa bouche sur la mienne.

Heureusement que j'étais assise ! Sinon, mes jambes se seraient dérobées sous moi. On aurait dit que je fondais.

— Est-ce que tu me crois, à présent ? a-t-il demandé de sa voix profonde.

Mes lèvres me picotaient encore tellement que je n'ai pas pu lui répondre.

— O.K., a dit Zach. Je crois que je vais devoir recommencer.

Et il s'est penché et m'a de nouveau embrassée.

Cette fois, quand il a relevé la tête, de minuscules arcs-en-ciel s'étaient ajoutés aux oiseaux et aux étoiles.

— Alors ? Tu me crois maintenant quand je te dis que c'est toi que j'aime ? Et que je t'ai aimée depuis que tu as renversé ton Long Island Ice Tea sur moi ? Est-ce que tu me crois si je te dis que j'en avais assez de ne pas pouvoir t'embrasser ? Et que je veux être plus que ton ami ?

— Hum, hum, ai-je répondu en hochant la tête comme une idiote.

Puis j'ai glissé mes bras autour de son cou et je l'ai attiré contre moi. Et c'est moi qui l'ai embrassé cette fois.

22.

J'avais en fait un énorme hématome au genou qui, d'après le médecin, finirait par disparaître. Un jour.

Mais c'est surtout le souvenir de cette nuit-là, dans le pavillon, que j'aurais aimé voir disparaître. Et vite.

Enfin, pas tout ce qui s'était passé, bien sûr.

Lorsque je suis allée voir Lisa à la librairie pour la remercier et lui raconter ce qui m'était arrivé – et pourquoi je marchais avec des béquilles –, elle a souri et dit :

— Vous avez réussi, alors ?

— Oui, ai-je répondu sans avoir besoin de lui demander de quoi elle parlait.

Avant de partir, elle m'a tendu un sachet de

lavande que je devais glisser sous mon oreiller. Pour faire de beaux rêves.

Ça n'a pas marché.

Mais ça a parfumé mes draps.

En revanche, ce qui m'a aidée, c'est le temps. Le temps et mes amis.

Tante Evelyn et oncle Ted avaient été horrifiés lorsqu'ils avaient appris ce que m'avait fait Tory. Mais elle était toujours leur fille et… ils devaient la soutenir.

Même si elle était vraiment détraquée.

À vrai dire, elle me faisait plus de peine qu'autre chose car j'étais sûre qu'au fond, elle n'avait pas vraiment essayé de me tuer.

Non, elle avait juste eu l'intention de boire quelques gouttes de mon sang, d'ingérer ce qu'elle était tellement persuadée que j'avais reçu de notre ancêtre et dont elle était privée, et de me faire avaler la potion qu'elle avait concoctée avec ces fameux champignons, et enfin de me laisser partir.

Du moins, c'est ce qu'elle a dit qui se serait passé, si Zach n'était pas intervenu.

Et je la croyais. Lindsey et Gretchen avaient raconté la même histoire à leurs parents.

En même temps, ni l'une ni l'autre n'auraient

admis qu'elles avaient été les complices d'une tentative de meurtre.

Cela dit, la seule question qui me tracassait vraiment, c'est celle que j'ai posée à Zach le lendemain.

J'étais rentrée de chez le médecin et je regardais la télé, une pochette en plastique remplie de glaçons sur le genou, pendant que tante Evelyn et oncle Ted étaient chez le thérapeute de Tory, avec Tory bien sûr.

Bref, la question était : comment avait-il su ? Comment avait-il su ce qui se passait dans le pavillon de jardin ?

— J'étais réveillé, m'a répondu Zach. Je n'arrivais pas à dormir. J'imagine que tu sais pourquoi ? a-t-il ajouté avec un petit sourire forcé.

— C'était la poupée de Tory, ai-je dit pour ce qui me semblait être la centième fois. Ce n'était pas…

— La tienne, je sais. Gretchen l'a avoué, hier soir, tu te rappelles ? Mais bref, j'étais réveillé et… j'ai entendu un chat miauler. Ce devait être Mouche…

— Oui, c'était lui.

Mouche était sain et sauf, de nouveau auprès

d'Alice, à qui on n'avait rien raconté des aventures que son chat adoré avait endurées la veille.

— J'ai alors jeté un coup d'œil par la fenêtre de ma chambre, a repris Zach, et c'est à ce moment-là que j'ai remarqué que le pavillon était éclairé. J'ai trouvé ça… bizarre. Que Mouche soit dehors aussi, en pleine nuit. Du coup, je suis descendu, j'ai escaladé le mur pour voir ce qui se passait. En m'approchant du pavillon, j'ai entendu Tory. Je suis entré et je t'ai vue… Tu connais la suite.

J'ai hoché la tête. Oui, je connaissais la suite.

Et je savais aussi ce qu'il avait entendu.

Il avait entendu Mouche miauler. Mais il m'avait entendue, moi aussi. Il m'avait entendue qui l'appelait.

Sauf qu'il n'en avait probablement pas conscience. Et ne le saurait sans doute jamais.

Mais ça ne me gênait pas.

Du moins, pour l'instant.

— Une minute, ai-je dit tout à coup. Si tu savais que ce n'était pas moi qui avais confectionné cette poupée, pourquoi n'as-tu rien dit quand on était tous au Waldorf ?

— Comment aurais-je pu, tu es partie tellement vite ! J'ai essayé de te parler, plus tard, dans la soirée, mais Petra m'a dit que tu dormais. Mais je le savais que tu n'avais pas fabriqué cette poupée, parce que je te connais. Tu dis toujours la vérité, enfin... sauf en ce qui concerne ce livre que tu as acheté pour l'anniversaire de Courtney.

Je n'ai pas pu m'empêcher de rougir. Joliment, j'espère.

— Mais tu as fini par te trahir en reconnaissant que la poupée de Dylan, c'était toi. Et il était facile de voir que ce n'était pas la même personne qui avait confectionné ces deux poupées.

J'espère bien que ça se voyait. Quand j'étais en primaire et qu'on avait des cours de couture, j'étais toujours la meilleure de la classe. Et la poupée de Tory... eh bien, c'est clair que Tory n'était pas très douée de ses mains.

— Bref, je savais que tu ne m'avais pas jeté de sort en te servant d'une stupide poupée. Mais l'autre jour... j'ai trouvé un truc bizarre dans mon sac.

Là-dessus, il a sorti de la poche de son jean le petit sachet d'herbes que Lisa m'avait donné.

— C'était pour te protéger, ai-je déclaré. J'avais peur que Tory ne te fasse du mal. Tu es censé le garder sur toi, et il ne t'arrivera rien.

Zach a baissé les yeux sur le sachet et a hoché la tête.

— Je me doutais que c'était quelque chose comme ça, a-t-il dit en le remettant dans sa poche. Mais je n'en étais pas sûr.

C'est alors que j'ai compris à quoi il faisait allusion.

— Attends un peu. Tu ne pensais tout de même pas que c'était une potion d'amour ? ai-je demandé en piquant un fard.

— Eh bien… Je dois dire que j'avais quand même du mal à te sortir de ma tête. Du coup, je ne te cache pas que…

— Zach ! me suis-je écriée en me levant d'un seul coup, et en me cognant le genou. Jamais je n'aurais fait une chose pareille ! Je te l'ai dit, ce qui est arrivé à Dylan m'a servi de leçon ! On ne me reprendra pas à jeter un sort à un garçon pour qu'il tombe amoureux de moi !

— Je sais, je sais, a dit Zach en riant. De toute façon, je t'aimais déjà, et bien avant que tu n'aies l'occasion de me jeter un sort. Je t'ai aimée quand tu as avoué que tu n'étais jamais allée à Long Island.

— Et moi, quand tu m'as dit que tu aimais les phoques !

Zach a souri.

— De toute façon, tu sais que je ne crois pas à la sorcellerie.

— Je sais, mais reconnais que… cette histoire avec Dylan…

— Tu l'as dit toi-même, Jade, m'a interrompue Zach. Il avait envie de tomber amoureux et tu étais là au bon moment.

— C'est vrai. Qu'est-ce que tu fais, alors, du coursier à vélo ?

— Pareil. Tu étais là au bon moment.

— Et la nuit dernière ? Comment expliques-tu ce qui s'est passé ?

— À quel moment penses-tu ? Au moment où ta cousine s'apprêtait à te vider de ton sang pour hériter du pouvoir magique de votre ancêtre ? Ou au moment où je t'ai sauvé la vie ?

— Quand tu m'as sauvé la vie. Comment as-tu deviné qu'il fallait que tu regardes par la fenêtre ?

— Je te l'ai dit. Parce que j'ai entendu le chat d'Alice.

Le chat ? Ou moi ?

Ou… Branwen ?

— Mais bon, a repris Zach en haussant les épaules. On est à égalité maintenant. Je n'ai plus de dette envers toi. Tu m'as sauvé la vie, et j'ai sauvé la tienne. Mais au fait, j'y pense. Qu'est devenu Dylan ?

— Les Gardiner l'ont mis dans l'avion ce matin. Retour à Hancock, ai-je répondu en laissant échapper un soupir.

Je me rendais compte que jamais je n'arriverais à faire admettre à Zach que la magie existait peut-être. Oh, et puis, après tout, qui sait s'il ne finirait pas par le découvrir tout seul ? Si on restait ensemble suffisamment longtemps, du moins.

— Ils ont appris qu'il avait une chambre au Waldorf. Dylan, je veux dire, ai-je repris. Tory avait utilisé leur carte de crédit pour lui réserver la chambre et lui acheter son billet d'avion. Et il a dépensé cinq cents dollars en room service !

— Ouah ! s'est exclamé Zach. Tu sais les choisir, dis donc !

Je lui ai répondu en lui lançant un coussin à la figure.

— Je vois que tu te sens mieux, a-t-il dit en s'asseyant à côté de moi. Jade ?

— Oui ? ai-je répondu en regardant sa bouche.

— J'ai l'impression que... – à présent, c'était Zach qui regardait *ma* bouche – que plus personne ne va t'appeler La Poisse, a-t-il ajouté. Oui, à mon avis, ta chance est en train de tourner. Dans le bon sens.

Et sur ces paroles, il m'a embrassée.

Curieusement, Zach avait raison. Au sujet de ma chance. Car quand j'ai auditionné pour la bourse, eh bien… je l'ai eue.

Bien sûr, j'ai dû me soumettre après à la délicate épreuve de demander à ma tante et à mon oncle si je pouvais rester chez eux pendant l'année scolaire à venir.

Mais vu leur réaction, j'ai vite compris que cela ne leur avait jamais traversé l'esprit que je puisse avoir envie de retourner à Hancock. Je faisais partie de la famille – *leur* famille – et je pouvais rester autant de temps que je le voulais.

Cela dit, c'était peut-être dû au fait que Tory n'habitait plus là. Elle avait fini l'année scolaire dans une maison de redressement et à son retour – ses cheveux noirs avaient disparu et elle avait retrouvé ses boucles blondes –, ses parents avaient une surprise pour elle : ils l'avaient inscrite dans une pension un peu « particulière » pour l'année suivante.

Tory les avait aussitôt accusés de l'envoyer dans une école militaire, ce qui n'était pas tout à fait exact. C'était même totalement faux. L'école qu'ils lui avaient choisie se trouvait au cœur de l'Iowa et proposait à ses élèves toutes sortes d'activités, comme travailler à la ferme, marcher, vivre au grand air, en gros se lancer les défis qu'ils ne s'étaient jamais lancés jusqu'alors.

Et surtout, accepter ce qui leur faisait peur jusque-là.

Bien sûr, ce n'était pas facile pour tante Evelyn et oncle Ted d'envoyer Tory si loin. Mais, comme me l'avait dit tante Evelyn, elle devait songer à Teddy et à Alice, et elle estimait que leur grande sœur n'était pas, pour l'instant, le meilleur modèle qui soit.

Mais, la bonne nouvelle, c'est qu'en se trouvant dans cette école Tory pouvait passer tous ses week-ends avec *ma* famille.

Eh oui. Tous les samedis et les dimanches, elle était à Hancock et découvrait ce que cela signifiait de vivre sous le toit d'une femme pasteur.

D'après Chanelle, qui avait de temps en temps de ses nouvelles, Tory trouvait la vie chez moi plus dure encore qu'à la maison de redressement.

Mais heureusement, elle avait un confident là-bas, sur qui s'épancher : Dylan, qui rentrait de l'université d'Iowa tous les week-ends. Et apparemment, l'amour était naturellement né entre eux.

À en juger du moins d'après le dernier mail de Courtney – elle racontait que Dylan et Tory se faisaient constamment houspiller par notre mère parce qu'ils s'embrassaient devant la télé.

Et Zach avait beau penser le contraire, je n'avais rien à voir avec leur idylle. Après tout, ne lui avais-je pas promis de renoncer à jeter des sorts ?

Je l'avais d'ailleurs fait le plus sérieusement du monde. Car l'amour, le vrai, celui qui dure, n'a pas besoin de la sorcellerie. Il est déjà magique à lui tout seul.

Sinon, Zach avait raison pour autre chose, aussi : plus personne ne m'appelait La Poisse.

Et j'en étais… très contente.

Composition MCP - Groupe JOUVE - 45770 Saran
N° 314147W

Impression par Brodard & Taupin
en août 2008

« Pour l'éditeur, le principe est d'utiliser des papiers composés de fibres naturelles, renouvelables, recyclables et fabriquées à partir de bois issus de forêts qui adoptent un système d'aménagement durable. En outre, l'éditeur attend de ses fournisseurs de papier qu'ils s'inscrivent dans une démarche de certification environnementale reconnue. »

20.16.1350.6/01 – ISBN : 978-2-01-201350-6
Loi n° 49-956 du 16 juillet 1949 sur les publications destinées à la jeunesse.
Dépôt légal : août 2008.
N° d'impression : 48252.